# Les Porteurs d'eau

DU MÊME AUTEUR

*Chez le même éditeur*

TERRE ET CENDRES, 2000

LES MILLE MAISONS DU RÊVE ET DE LA TERREUR, 2002

LE RETOUR IMAGINAIRE, 2005

SYNGUÉ SABOUR, 2008, prix Goncourt 2008

MAUDIT SOIT DOSTOÏEVSKI, 2011


*Chez d'autres éditeurs*

LA BALLADE DU CALAME, L'Iconoclaste, 2015

COMPTE COMME MOI, Actes Sud junior, 2015

DESSINE-MOI UN DIEU, Actes Sud junior, 2017

Atiq Rahimi

# Les Porteurs d'eau

*Roman*

*P.O.L*
33, rue Saint-André-des-Arts, Paris 6e

*à Paul*

*Le royaume de Fan-yen-na (Bâmiyân) mesure plus de deux mille* li *d'est en ouest, et plus de trois cents* li *du nord au sud ; il est situé à l'intérieur des montagnes neigeuses. Au nord-est de la ville royale, à flanc de montagne, se trouve une statue en pierre du Bouddha debout ; elle est haute de cent quarante à cent cinquante pieds, le teint d'or est éclatant, et les ornements précieux resplendissent. À l'est [de cette statue], il y a un* k'ie-lan *(sanghârâma, sanctuaire) qui a été fondé par un roi précédent du pays. À l'est du* k'ie-lan, *il y a la statue debout du Bouddha* Ch-kia *(Sâkymuni), en* t'eou-che *(laiton), haute de plus de cent pieds. Le corps a été fondu par pièces, qu'on a réunies pour parfaire et dresser [la statue]. À deux ou trois* li *à l'est de la ville, dans un* k'ie-lan, *il y a une statue couchée du Bouddha qui entre dans nirvâna, longue de plus de mille pieds. C'est dans ce* sanghârâma *que le roi organise à chaque fois la grande assemblée de* wou-tcho *(moksa). À commencer par sa femme et ses enfants, et en descendant jusqu'aux joyaux royaux, [il les donne tous] ; et quand le trésor a été [donné] jusqu'à épuisement, il donne encore sa propre personne ; les ministres et fonctionnaires approchent alors les religieux pour racheter [la famille royale et les trésors royaux].*

Hiuan-tsang, moine bouddhiste (602-664 ap. J.-C.)

*Une défaite de l'Histoire*

11 mars 2001 : les Talibans détruisent les deux Bouddhas de Bâmiyân, en Afghanistan.

# 1

Elle, Rina, dort ; toi, Tom, tu songes.
Il faut quitter le lit.
Et partir.

Dehors, il pleut ; tu entends le fracas de la pluie battante qui s'écrase contre la fenêtre ; et avec elle, toute envie de quitter le lit, et de partir.

Tu as froid ; le soleil aussi. L'aube, indécise comme toi, peine à se lever, laissant la chambre sombrer dans un noir absolu. Tu doutes de tes yeux grands ouverts. Que tu les fermes ou non, rien ne change. Quelqu'un a dû éteindre la veilleuse du couloir. Rina ? Certainement pas, sinon tu t'en serais aperçu. Comme tous les soirs, vous avez laissé la porte de la chambre entrouverte pour veiller sur Lola, votre fille somnambule ; Rina n'a pas quitté votre lit conjugal ; et toi, tu n'as pas fermé l'œil de la nuit.

Inquiétante, cette obscurité aveugle. Elle absorbe tous les repères, t'obligeant à te fier à ta seule mémoire pour retracer le chemin qui te conduira au couloir. Mais ton corps inerte, collé à la couche, abandonne à ton esprit le soin de t'y arracher. Et ton esprit, perdu dans l'ombre de ses propres doutes, erre entre l'éveil et le sommeil.

Tu ne sais donc plus si tu rêves ou si tu penses. Ton grand-père, dans son lyrisme inimitable à l'afghane, t'aurait comparé à cet oiseau de minuit qui, un œil ouvert pour veiller, l'autre fermé pour sommeiller, une aile vers le ciel, l'autre vers la terre, ses pattes ficelées à la seule branche maîtresse de l'arbre où est perché son nid, rêve d'un ailleurs. Pour toi c'est la condition de toute l'humanité. Mais pour ton grand-père, c'était plutôt une performance mystique, une vision archangélique du déchirement entre nos rêves terrestres et la contemplation du ciel... Où avait-il déniché cet oiseau ? Dans quelle légende ? Dans quel livre ? Personne ne saurait le dire. Lui citait un ouvrage, une sorte de recueil de tous les livres perdus de la littérature pachtou...

Elle bouge, Rina, retirée vers le bord du lit. Elle se tourne vers toi, comme si elle t'avait entendu ricaner avec ton aïeul. De ses longs cheveux, noirs à défier la noirceur de la pièce, elle effleure ton bras languissant hors de la couverture ; et, en te ramenant ainsi auprès d'elle, elle balaye de ta mémoire le titre du livre en langue pachtou auquel ton grand-père se référait à chaque fois qu'il inventait une parabole, comme cet oiseau de minuit perdu dans le royaume des songes, que seul le génie des prophètes peut atteindre pendant *nik-târiki*, la *pénombre bénigne*. Pas un rêve éveillé, ni une pensée onirique, mais un *Ro'ya*, un songe, source de la vision et de l'inspiration prophétique.

Mais le titre du livre ?

Renonce à le retrouver, tu risquerais de perdre aussi le fil de tes songes. Pire encore, tu finirais par ne plus te rappeler dans quelle langue tu songeais. Persan ou français ? Et cette faille engloutirait tout ce que tu te récitais silencieusement. En oubliant la langue, tu oublieras tes pensées.

Reviens à cet oiseau de minuit dans la *pénombre bénigne*.

Bon, tu n'es ni prophète ni cet oiseau mythique, tu es seulement hanté par le mystère de la veilleuse éteinte qui t'empêche de quitter le lit. D'habitude, à chaque réveil, à peine ouvres-tu les yeux que sa faible lumière invite ton regard à s'abîmer dans la sérigraphie du tableau de René Magritte, *La Reproduction interdite*, que Rina a fixée sur le mur du couloir, juste devant la porte de votre chambre.

Quel étrange endroit pour un tableau si mystérieux !

Cela dit, pourquoi es-tu étonné ? Ce n'est pas la première fois que tu t'aperçois de la bizarrerie de son emplacement. Il est là, à portée de ta vue, depuis un certain temps. Rina l'a sans doute accroché ici par fierté, comme un trophée. Après tout, c'est le premier tableau que tu as reproduit sur ce beau tissu de soie lorsque tu as été embauché dans la société Anagramme, et surtout le dernier présent que tu lui as offert, à elle. Il n'empêche, lorsque tu le contemples, mille et une choses te traversent l'esprit. Chaque matin.

Pourtant le tableau représente une scène facile à imaginer : un homme, peint de dos, se regarde dans un miroir et ne voit que son dos, dupliquant l'image. Simple mais énigmatique. Et mélancolique. Il t'exaspère. Tu te demandes si Rina ne l'a pas accroché ici pour que tous les matins, tu puisses te reconnaître dans ce personnage, toi dans l'abîme de tes contradictions, et te tournant le dos. Mais cela n'engage que toi; elle ne t'a jamais rien dit. Et tu ne lui as jamais posé de question.

L'effet que produit ce tableau sur toi l'emporte et sur les intentions de ta femme et sur ta contrariété. Une étrange sensation, qui te projette dans une dimension ni onirique ni mystique, mais dans un monde plus empirique et sensuel, impossible à décrire sinon en passant par une expérience similaire, vécue dans un atelier d'arts graphiques, quand ton regard s'était posé sur cette œuvre pour la première fois. Il y a longtemps, fort longtemps. Tu étais alors un jeune réfugié afghan. Après deux ans d'apprentissage de la langue française, l'Agence nationale pour l'emploi t'avait envoyé dans ce petit atelier perdu au fin fond de la banlieue parisienne. Tandis que tu rêvais d'étudier dans une école des beaux-arts. Mais, faute de la connaissance artistique exigée, tu avais dû te contenter de cette formation plus technique que créative.

L'atelier était sombre de l'extérieur, mais d'horribles néons éclairaient exagérément l'intérieur. Sous cette lumière laiteuse, tu t'étais trouvé devant ce tableau, ou plutôt derrière cette silhouette de dos qui se contemplait de dos dans le miroir. Quelle originalité! avais-tu pensé, sans savoir que cette œuvre appartenait depuis un certain temps déjà aux clichés

17

de l'histoire de l'art. Qu'importe. Toi, tu venais de la découvrir. C'était pour toi original, inédit.

Mais pour la première fois tu avais dû affronter une impression troublante de familiarité. Tu te demandais si tu n'avais pas déjà vu ce tableau. Sous le même éclairage blanchâtre, dans la même situation. Où? Et quand? Tu ne savais le dire alors. Pas plus qu'aujourd'hui. Un passé suspendu. Inachevé. Tu sentais que tu refaisais tes gestes, revivais ton état, tes émotions, exactement comme si tu les avais connus et vécus à un autre moment de ta vie, sans le moindre changement. Un fac-similé. Une copie conforme de la situation que tu aurais pu même détailler à l'avance. Tu reconnaissais tout. Chaque geste, chaque mot dit ou entendu, semblaient te revenir à la mémoire dans les moindres détails. Ils resurgissaient mystérieusement, avec une soudaineté surprenante, presque foudroyante. Comme si tu t'étais souvenu d'un passé dans lequel tu te rappelais cet instant-là – ta stupéfaction devant cette œuvre dans cet atelier. Un passé que tu ne savais fixer dans le temps ni dans la mémoire. Le lieu était indéfinissable; le temps, insaisissable. Un espace-temps d'*Il était une fois...*

Et pourtant, si c'était réellement le cas, pourquoi ne te souvenais-tu pas du tableau avant de le *(re)voir* dans l'atelier ? Où était-il caché, ce souvenir ? Impossible de percer le mystère. Un peu hébété, tu le restais tout le jour, cherchant à comprendre ce qui t'était arrivé. Un trouble de la mémoire ? Une faille de ton esprit ? Une réincarnation, comme pensent les Hindous ? Tu avais fini par croire à l'existence d'un monde parallèle qui aurait reflété comme dans un miroir le monde dans lequel tu vivais.

Plus tard, on avait vainement essayé de te convaincre qu'il s'agissait de ce phénomène de *déjà-vu*, une impression insignifiante, une illusion produite par un décalage entre l'esprit et la perception, etc. Bref, une sorte de paramnésie, cet état étrange dans lequel on pense avoir vécu la scène autrefois, par anticipation.

À l'époque, tu ne comprenais pas. Non seulement tu ne saisissais rien aux mots savants en français, mais aussi ce phénomène, tu ne l'avais jamais vécu, tu n'en avais jamais entendu parler. Il n'existe pas de mot équivalent dans ta langue maternelle.

Cela arrive à tout le monde, tu le sais aujourd'hui. Mais chez certains, cette sensation, aussi brève soit-elle, procure un malaise si étrange, si inquiétant et si soudain qu'ils sombrent dans un état confus de panique, dont ils ne peuvent se défaire. Mais toi, au contraire, cette sensation de *déjà-vu* ne t'inquiète pas. Elle t'amuse, et te rend la situation familière. Pas de surprise, rien ne fait événement, te semble-t-il, tout n'est que souvenir, le présent tout entier. Tu te sens maître du temps. Dans un état d'enchantement et de béatitude. Voire de prophétie. Qui ne serait prêt à mourir pour revivre sa vie, ne serait-ce qu'une fraction de seconde? Qui ne rêve de voyager dans le temps? Et là, cette sensation est à portée de ton esprit. Gracieusement. Sans effort. Pas comme dans un rêve, non, mais dans la réalité des événements, *hic et nunc*. Rien de fantastique.

Voilà ce qui te manquera ce matin où la veilleuse est éteinte, à moins de rester au lit jusqu'au lever du jour. Sinon, tu n'as qu'à sortir du lit, allumer la lampe, et contempler le tableau pour qu'il te hante et te poursuive.

Debout!

N'oublie pas de désactiver le réveil.

## 2

Elle, Shirine, dort; lui, Yûsef, songe.

Nulle envie de quitter le *sandali.*

Ni de partir.

Dehors, il ne pleut ni ne neige, mais tout est transi de froid hivernal. Toute la ville de Kaboul est une glacière, sa terre ocre comme son ciel d'azur, ses montagnes grises comme sa rivière tarie... Une glacière sèche; ou plutôt une sécheresse glaciale. Aucune nuée d'espoir dans l'horizon, aucune goutte d'eau de joie au sol, et aucune force pour s'arracher au *sandali,* même si les braises sont éteintes.

Cela fait un certain temps que Yûsef est réveillé; réveillé par sa maudite verge qui depuis presque un an, tous les matins, à l'aube, ne cesse de perturber son sommeil, provoquant en lui une étrange sensation, agréable mais angoissante, qu'il n'a jamais connue auparavant, même pas à sa puberté. C'est maintenant, à l'âge adulte, qu'il ressent et appréhende ce que c'est que l'érection. Tandis qu'avant...

Oublié, le passé! Qu'importe s'il souffre davantage aujourd'hui de cette sensation insolite qu'il ne souffrait autrefois de son absence. Mais cela ne l'empêche pas d'y repenser, car il ne comprend pas pourquoi cette bête doit se réveiller tous les matins avant l'appel à la prière de l'aube. Elle se prend pour le muezzin ou quoi? Ou peut-être pour son minaret.

Mécréant!

Au diable sa verge! Elle l'arrache au sommeil, le souille, l'oppresse, le fait blasphémer, l'emplit d'une angoisse qui réveille son asthme, l'empêche aussi de se lever immédiatement pour faire ses ablutions, prier. À chaque fois, il doit attendre que cette damnée *chauve-souris* s'engourdisse.

Et elle s'attarde.

Tant pis! Il faut partir en hâte, avant que le mullah ne sorte de chez lui, que les fidèles ou les infidèles ne se trouvent devant le bassin vide de la mosquée pour se livrer aux ablutions. C'est à Yûsef de leur apporter de l'eau, sinon, quatre-vingt-dix-neuf coups de fouet sur le dos !

Il se redresse, jette un coup d'œil vers la fenêtre qui, tout en cadrant quelques étoiles sur le fond du ciel d'avant l'aube, découpe la lueur laiteuse de la lune froide pour la projeter sur le corps menu de Shirine, enfouie sous la couette, de l'autre côté du *sandali*. Elle n'est donc pas encore réveillée pour allumer la lampe-tempête, puis préparer le petit déjeuner...

Irrité, Yûsef s'adosse contre le mur. Sous la lumière nacrée, son regard se perd dans les motifs floraux de l'édredon qui couvre le *sandali*.

Longtemps, c'était le rituel du petit déjeuner qui lui donnait envie de se lever : entendre l'appel à la prière, le cri des corbeaux dans le silence absolu de l'aube hivernale, et le bruit feutré des pas de Shirine quand elle allait chercher le pain chaud dont l'odeur envahissait leur petit logis. Et le parfum du thé, la douceur du fromage cru... Mais pas aujourd'hui. Cela fait d'ailleurs un certain temps qu'au réveil il ne pense plus à l'ambiance du petit matin, au rituel du petit déjeuner, mais au sommeil agité de Shirine.

Que rêve-t-elle ?

De qui rêve-t-elle ?

À quoi?

Une envie mordante l'envahit de pénétrer les songes de la jeune femme. Songes muets au réveil, bavards pendant le sommeil. Certaines nuits, elle hurle, rit, pleure... Elle parle même en hindi – alors qu'elle ne l'a jamais appris. Mais rien de compréhensible pour Yûsef, ni d'ailleurs pour personne. Même sa propre famille se plaignait d'elle. La craignait. Sa mère l'avait amenée une fois chez le vieux guérisseur juif, Ishaq, dans la synagogue de la rue des Fleurs, pour lui procurer un talisman qu'elle devait garder entre les dents lorsqu'elle dormait. Mais une nuit elle l'avala dans son sommeil. Elle faillit s'étouffer. Quand sa mère lui donna une autre amulette, elle ne réussit pas à fermer l'œil de la nuit, la pauvre, inerte et silencieuse jusqu'au matin. Tout le monde crut alors qu'elle avait guéri.

Souvent, lorsque Yûsef s'endort, ces cris le font sursauter; puis le silence, comme si de rien. Au début il croyait que c'était lui qui faisait des cauchemars, que tout ce qu'il entendait n'était que le cri de ses propres hantises nocturnes. Mais la nuit où il se rendit compte que c'était bien elle, il la réveilla violemment, la sermonna, la renvoya faire ses ablutions, sa prière... La mère de Yûsef disait : « C'est le mauvais esprit qui parle en elle. » Elle était possédée, possédée par ces sataniques dieux hindous. Serait-elle vivante, sa mère bénirait les Talibans d'opprimer les Hindous et de décréter la destruction des Bouddhas. Mais Yûsef est prêt à tout pour comprendre ses hurlements en hindi suivis de rires et de plaintes. Cette obsession de percer le mystère des songes de Shirine s'était emparée de lui quand elle avait crié son nom et celui du marchand hindou, Lâla Bahâri, pendant plusieurs nuits.

Que faisait Lâla Bahâri dans le rêve de Shirine ?

Il commença alors à soupçonner son seul ami dans le quartier ; un ami pourtant bienveillant qui le comprenait ; un ami à qui il pouvait se confier ; pour qui, il y a à peine un an de cela, il avait reçu des coups de fouet parce qu'il lui avait apporté de l'eau avant les autres – les musulmans. Il n'aimait guère et n'aime toujours pas que les Talibans le persécutent comme les autres Hindous. Lâla Bahâri est un homme sage, de bon conseil. Et surtout un être reclus comme lui...

Mais entendre les lèvres de Shirine prononcer le nom de cet ami durant son sommeil, cela le déshonore.

Sa verge et l'Hindou sont devenus les deux démons de ses interminables nuits.

La première s'endort maintenant; le deuxième, il le verra tout à l'heure.

Et Shirine, dort-elle toujours?

Il ne peut rien voir; elle a la tête, comme tout le corps, sous la couverture, sauf sa mèche sauvage. Toujours la même! Celle qui dépasse et brille encore plus ce soir à la lueur de la lune. Ondulée, elle ne tient jamais en place, même sous le voile, comme un filet d'eau noire qui cascade sur son œil droit; une mèche que Yûsef détestait avant, sans doute à cause de ce que sa mère disait : « La mèche d'une femme est une chaîne qui met les hommes aux fers! »

Mais un jour, en apportant de l'eau dans une des maisons, il entendit le patron – le soufi Hafiz, un poète – fredonner un quatrain que jadis, avant les Talibans, tout le monde chantait :

*La maligne, qui ondula ta mèche révoltée?*
*Qui endormit tes yeux exaltés?*
*Derrière ta demeure, deux grenadiers,*
*Qui les arrosa? C'est moi ton jardinier!*

En rentrant chez lui, il ne cessa d'observer la mèche de Shirine. Puis, il s'y attacha doucement. L'envie de la toucher, de la caresser, s'empara de lui, sans savoir pourquoi. Un attachement étrange, absurde, se dit-il, en détournant son regard troublé.

Pourquoi y penser encore?

Ce n'est pas bien, non!

C'est abject!

Allez, debout!

Sinon, quatre-vingt-dix-neuf coups de fouet sur le dos.

Il repousse l'édredon, mais reste assis.

## 3

Toujours la même histoire, dirait-on, celle de ton réveil.

Toujours la même voix, lointaine, te parvenant depuis la nuit des temps, comme un appel à la prière de l'aube, mais qui t'intime l'ordre : « Va-t'en ! »

Et pourtant rien ne bouge. Tout reste à sa place.

Pas cette fois-ci pourtant. La nuit, tu as pris ta décision. Tu t'en vas. Tu quittes tout.

Lève-toi.

Aucune crainte de l'obscurité, tu sais quand même où se trouvent la porte, le couloir... Tes pieds savent aussi où chercher les sandales sous votre lit, et comment se diriger vers la sortie, à pas feutrés sur la moquette douce et épaisse. Tant pis si tu entames pour une fois ta journée sans t'abîmer dans *La Reproduction interdite*. Tu n'éprouveras plus cette sensation de déjà-vu. Ton passé restera un hier suspendu sur l'échelle du temps ; suspendu comme ta vie, condamnée à l'incertitude d'un autre exil.

Le bruit des pas de Lola dans le couloir sombre met fin à ton égarement. Tu essaies de te lever à la hâte, et tu te figes immédiatement : il ne faut surtout pas la réveiller, l'effrayer. À entendre ses pas réguliers sans hésitation dans le couloir, puis les toilettes, où elle s'assied, pisse, tire la chasse d'eau... tu te rends compte que Lola connaît mieux que toi le chemin. Son corps somnambule est plus habile et intelligent que ton esprit vagabond.

Elle revient, dans l'obscurité tu ne peux la voir passer devant la porte de votre chambre. Elle est invisible, tel un fantôme...

Elle est invisible, tel un fantôme, ces mots résonnent familiers, comme si tu les avais prononcés une autre fois, dans une situation similaire, veilleuse éteinte. Lola allait aux toilettes, et tu te posais les mêmes questions... avant de te lever pour vérifier si elle avait bien regagné son lit...

Et tu te lèves, tes pieds ne cherchent pas les sandales, ils se dirigent directement vers la sortie. Tu laisses ouverte la porte, tentes d'allumer la veilleuse. En vain. L'ampoule, comme la dernière fois, est grillée.

Cette scène, tu l'avais donc réellement vécue, rien de déjà-vu. Tu continues sans peine ton chemin vers les toilettes, comme Lola. Tu pisses. Tu restes un long moment sur la cuvette pour te concentrer sur cette journée décisive. Mais est-ce vraiment sérieux après une nuit blanche de partir si tôt et de rouler cinq cents kilomètres sur une route verglacée? Tu peux partir plus tard. Tu n'as aucun rendez-vous, aucune obligation, aucune contrainte. Sauf une, Rina à qui tu as dit la veille que tu partirais tôt pour Amsterdam, afin de déjeuner avec un de tes clients... Mais ce n'est pas ce mensonge qui t'astreint à prendre la route dès l'aurore ; tu ne veux surtout pas croiser le regard de Rina ni imprimer sur tes joues les baisers muets et grincheux de ta fille.

Partir sans un mot. Sans regard. Sans baisers. Lâchement.

Ta mallette est prête ; le petit déjeuner, tu le prendras sur l'autoroute.

En te lavant le visage, tu n'oses te regarder dans le miroir. Devant ton image, tu te doubles d'un juge, d'un juge sévère, omniscient, tout-puissant, qui te critique, te blâme, te condamne sans état d'âme aucun… Tu ne te rases pas et tu ne te brosses pas les dents. Tout ça tu le feras sur la route, ou à l'hôtel. Tes affaires de toilettes, tu les laisses, non pas pour faire croire à Rina que tu rentreras ce soir, mais pour ne rien emporter avec toi, rien de ce qui t'attache à ton foyer, à tes habitudes. C'est ainsi décidé. C'est tout. Un coup de tête. Ou un coup de cœur.

Tu quittes la salle de bains.

Ta chemise blanche, lavée et repassée, est suspendue dans le couloir, à côté de ton costume gris. Ta cravate bleu marine « satinée lie-de-vin », comme tu aimes bien la décrire, est soigneusement suspendue au cintre. En t'habillant, tu te demandes si les prévenances dont t'entoure Rina ne te manqueront pas. En tout cas, tu l'espères. Elle met tout le soin possible pour que rien ne te fasse défaut. Même sa jeunesse. Elle s'habille et se coiffe toujours comme tu aimais jadis. Il y a quelques jours, remarquant sans doute ton indifférence grandissante à son égard, elle a, Dieu sait comment, trouvé le même parfum que celui qu'elle mettait à Kaboul, dans l'espoir de réveiller en toi le désir d'autrefois. Elle n'a pas compris qu'au contraire, ce qui te manquait c'était justement le manque; ce manque que toi aussi tu ignorais. Ou que tu fuyais en te réfugiant dans le monde paramnésique, pour tout dupliquer,

reproduire tout en absence, et ainsi combler absur-
dement le manque. Ce parfum n'a pu aider ni Rina
à te ramener à elle, ni toi à revivre ton *souvenir du
présent*. Ce n'était que le parfum de la nostalgie,
celui que tu n'aimais guère. C'est à ce moment-là
que tu as décidé de partir.

Et tu pars. Mal rasé, à jeun, mais bien habillé.

Tout est lent, l'ascenseur, la descente, l'ouver-
ture des portes... Et loin, les couloirs du sous-sol
jusqu'au parking, l'emplacement de ta voiture... Et
givré, la poignée de la porte, les vitres, le volant...
Tu peines à faire démarrer la voiture. L'engin,
comme ta pensée, est transi, comme tes gestes, ou
comme ce chien, un mâtin, qui appartient à ta voisine – l'épouse du gendarme municipal, surveillante
à l'école maternelle de la commune. Il prend son
temps, l'animal, à se soulager d'un grand besoin
devant la sortie du parking; et sa maîtresse ne se
précipite ni pour l'appeler ni pour venir enlever la
grosse crotte; elle pense sans doute que la pluie
l'emportera. Sous l'auvent de l'entrée de l'immeuble,
elle fume, et esquisse un salut matinal auquel tu
réponds en levant la main, sans oublier de sourire.
Le chien finit de se vider le ventre, mais reste à sa

place comme pour te défier. Impatient, tu appuies sur l'accélérateur; l'animal dégage enfin, non sans caprice. Tu fonces et t'éloignes sous le regard de ta surveillante de voisine pour disparaître dans la brume de l'aube indécise.

Au volant, tu ne cesses de regarder le rétroviseur, comme un criminel en cavale qui vérifie constamment s'il n'est pas suivi. Étrange! C'est la première fois que tu éprouves un tel sentiment de culpabilité.

Non, tu n'es pas un criminel, aimerais-tu entendre. Tu regardes en arrière uniquement pour voir s'éloigner ce que tu abandonnes derrière toi, toute une vie construite en exil pendant vingt-cinq ans. Ta maison, cette banlieue parisienne, ta femme, ta fille, tes souvenirs... Sans regret aucun. Sans nostalgie.

Ce genre de sentiments, tu ne les connais pas. Même en tant qu'exilé. Quand as-tu laissé ton esprit vagabonder dans l'ombre que projette le *soleil noir* du passé? Jamais. Tu n'es ni assez religieux pour te leurrer sur tes origines édéniques, ni assez vieux pour regretter ta jeunesse, ni assez chauvin pour souffrir du mal du pays. Ce détachement envers tes racines t'a valu de véhémentes critiques, aussi bien de la part de Rina que de celle de ta propre famille et de tes compatriotes, qui te font culpabiliser d'être religieusement un renégat, politiquement un traître, humainement un cynique ! Ils ont du mal à comprendre comment un Afghan parti à l'âge de vingt ans de sa terre natale n'éprouve durant vingt-cinq années de sa vie de proscrit aucune nostalgie, ne regrette jamais le jardin de son enfance, ni le ciel bleu de Kaboul, ni la fierté des montagnes au pied desquelles il a vu le jour... Comment est-ce possible d'avoir tout enterré dans le cimetière de ses aïeux, jusqu'à son prénom d'origine, Tamim, après s'être fait naturaliser en bon Français ?

« Alors tu n'es qu'un Afghan empaillé ! » t'a ainsi un jour rétorqué ta sœur, en ironisant sur ton drôle de statut, une fois que tu lui avais expliqué les deux sens du mot « naturalisé » en français. Mais tu penses silencieusement le contraire. Tu as beau fuir ton *afghanité* – selon ta propre expression – et te déguiser en citoyen français, il reste pourtant toujours de la paille afghane à l'intérieur de toi. Que tu le veuilles ou non. Sinon, tu n'aurais jamais vécu plus de vingt ans avec une Afghane.

Tu as beau renoncer à parler ta langue maternelle, ce français que tu pratiques garde profondément les empreintes rhétoriques de tes origines. D'où tes emphases pathétiquement maladroites. L'esprit français exige, comme tu dis, un autre langage, plus cérébral que viscéral, dans lequel mot et pensée sont inséparables. Tu dis ce que tu penses, et tu penses ce que tu dis. Et tu dois tout dire, tout expliquer, tout analyser. Pas de lyrisme. Pas de métaphore. Alors que tu viens d'une culture dans laquelle on ne parle que pour cacher sa pensée, on n'écrit que pour emballer ses désirs et embellir ses tripes dans la poésie. Toi, tu te perds toujours entre les deux. Inconsciemment ou non. Comme depuis cette nuit. Tu songes avec ta culture d'origine et tu parles avec les mots et les concepts de la langue française. Tes errements si étranges et si confus sont à l'image de ta vie de proscrit.

Tu roules. Sans faire attention à la vitesse. Encore un comportement étrange. Tu n'as jamais dépassé la vitesse indiquée par les panneaux de signalisation, tant tu voulais jusqu'à présent être un bon citoyen, un bon employé. Non seulement parce que tu conduisais une voiture de fonction, que tu conduis toujours, mais aussi à cause du souci pathétique qu'éprouve tout métèque comme toi, de ne pas avoir l'air d'un sauvage ignorant les règles.

Les règles, tu as longtemps été heureux de vivre

avec. Avec toutes les règles. Heureux parce que tu croyais que la vie n'était qu'un jeu, un jeu de hasard. Imprévisible, chiqué, mené par des illusions. Un jeu que seuls les conventions et les dogmes pourraient transformer en destin, prévisible et maîtrisable. Pour rester dans le jeu, donc dans la vie, et gagner les parties, il fallait respecter ces règles.

Les appels de phares d'une voiture nerveuse derrière toi t'empêchent de remâcher tes idées. Tu cesses de penser et, au lieu de t'écarter et de laisser passer l'autre, tu accélères. Ce qui rend l'écrasement de la pluie sur le pare-brise plus violent, t'obligeant à augmenter la vitesse des essuie-glaces au maximum. Chose que naguère tu détestais. Sans que tu t'en aperçoives tu calquais ta vitesse sur le rythme effréné du balayage. Mais aujourd'hui, tant pis, la vitesse te réjouit, tu oublies la gravité de la terre, comme celle de ton corps, comme celle de ton acte, la fuite. Bien que tu aies connu jadis une situation encore plus périlleuse, lors de ton départ clandestin de Kaboul vers le Pakistan à la barbe de l'armée soviétique, tu te sens envahi par une crainte différente, étrange, que tu ne sais définir. Un nouvel exil, pire que celui d'avant, comme celui d'Adam après la Chute !

Engagé sur l'autoroute, tu ne regardes plus dans les rétroviseurs, tu fixes ton regard droit devant toi, tu vises ta destination. Lille, Bruxelles… enfin Amsterdam.

« Enfin, Amsterdam ! » Tu le répètes à haute voix. Et tu fonces ; tout excité, comme si c'était la première fois que tu te rendais, après tant d'années d'errance, sur une terre promise. Soudain, mille et une images, mille et un mots, à la vitesse de la lumière et du son, te traversent l'esprit. En vrac. Impossible de les retenir ni même de les ralentir. Impossible de les hiérarchiser, de les structurer.

Tu as peur.

Tant de choses de la vie entre deux balais d'essuie-glaces. Entre deux battements de cœur. Entre deux souffles. À tombeau ouvert…

Tu n'accélères plus, tu changes de file.

C'est bon, tu peux encore contrôler l'engin, allumer l'autoradio. Rassure-toi, tu ne respires pas entre la vie et la mort. Tu n'agonises pas. D'ailleurs, sur la route il ne faut jamais penser à la mort, cela porte malheur.

Écoute les infos.

Hier, la droite a été battue au premier tour des élections législatives ; la gauche est euphorique ;

l'Hôtel de Ville de Paris a un nouveau patron, Bertrand Delanoë. La droite justifie sa défaite ; la gauche sa victoire, etc. Puis l'incertitude sur le sort des grandes statues de Bouddha dans les vallées de Bâmiyân. Personne ne sait si elles sont encore debout. Aucune image. Aucune preuve. Certains disent qu'elles sont détruites depuis trois jours, le 8 mars, journée internationale des femmes. Fort possible, connaissant les Talibans, même s'il n'y a aucun rapport entre ces deux événements. Sauf symbolique.

« Et voici le décret du 26 février dernier, annonce le présentateur de la radio, rendu par Mullah Omar, chef des Talibans au pouvoir, que nous rediffusions. » Une voix nasale récite d'abord un verset du Coran, puis déclare en pachtou, aussitôt couverte par la voix de l'envoyé spécial au Pakistan qui traduit : « À la suite de consultations entre les chefs religieux et avec l'Émirat islamique d'Afghanistan, sur la base des avis des religieux et d'oulémas et des responsables de la Cour suprême de l'Émirat, il est décrété que toutes les statues et tous les sanctuaires non islamiques sis dans les différentes parties de l'Émirat doivent être détruits. Ces statues ont été et restent des sanctuaires d'infidèles, et ces infidèles continuent à les adorer et à les vénérer. Allah tout-puissant est le seul. »

Tu n'en peux plus. Cela fait plus d'un mois que tu entends ces propos, aussi bien dans les médias que répétés par tes collègues et amis...

Alors qu'est-ce qui se passe dans ton pays ?

Ou : Est-ce que tu avais visité les Bouddhas ?

Est-ce que... Est-ce que... Est-ce que...

Allez, change encore de fréquence. « Le footballeur français Zinedine Zidane est nommé à Genève *ambassadeur itinérant pour la lutte contre la pauvreté* par le Programme des Nations unies pour le développement... » Une autre station, musicale. De la musique classique, elle s'accorde avec la couleur du temps, avec le rythme de la pluie, avec les mouvements des essuie-glaces...

Est-ce Schumann ?

Non.

« Vous venez d'entendre Brahms, dit le présentateur, d'une voix solennellement douce, Variation X, op. 32, sur un thème de Schumann, op. 9, hommage à son ami et à sa femme, Clara, dont il était amoureux... »

## 4

Si seulement la nuit restait suspendue à cet instant-là, avant l'aurore, avant l'appel à la prière. Qu'il n'y ait plus ni jour ni nuit. Que rien n'existe. Ni le passé ni le futur.

Que le temps s'arrête.

Que Yûsef reste toujours sous le *sandali*.

Que Shirine dorme éternellement au chaud.

« Mais, Yûsef, le cycle du jour et de la nuit, lui aurait répété Lâla Bahâri, nous rappelle le rythme de l'apparition, de la disparition et de la réapparition de tout ce qui existe ; que tu saches, tout ce qui est né meurt et renaît. »

Au diable l'Hindou avec sa philosophie à laquelle Yûsef ne comprend rien. Ou ne veut rien comprendre. Lui ne souhaite qu'une chose, que personne ne se réveille plus jamais, que le reste du monde disparaisse dans la nuit de l'éternité, une fois pour toutes. Qu'il ne reste sur terre que Shirine et lui, et cet éternel clair de lune.

Shirine bouge, comme si elle se réveillait, elle aussi. Espoir déçu, elle dort toujours. Yûsef se penche pour attraper ses grosses chaussettes qui gisent près du matelas à même le sol, mais arrête son geste au faible gémissement de Shirine qui somnole, murmurant d'une voix dolente des mots incompréhensibles, comme toujours. Il patiente, pourvu qu'elle geigne une deuxième fois, juste pour qu'il puisse retenir les mots, les répéter ensuite à Lâla Bahâri. Celui-ci les traduira, et Yûsef comprendra enfin quelque chose.

Il n'entend plus rien.

Il enfile les chaussettes. Encore un effort pour se mettre debout, encore l'envie d'un petit déjeuner, l'odeur du pain chaud et du fromage cru dans les mains de Shirine…

Et encore l'attente.

Vaine.

Pourquoi ne pas la réveiller? Qu'elle prépare le thé, qu'elle apporte du pain. Yûsef a faim; il va travailler durement encore toute la journée.

Il s'avance d'un pas vers elle, un pied prêt à lui donner un coup. Mais sa jambe devient lourde, inerte tel le tronc d'un arbre mort ; elle ne lui appartient plus, dirait-on. Une deuxième tentative, avec l'autre pied. Impossible. Rien ne lui obéit désormais. Fini le temps où ses mains et ses pieds attendaient toujours d'envoyer des coups secs, convulsifs. Fini le temps où il avait droit de vie et de mort sur Shirine. Maintenant c'est d'elle que dépendent la vie et la mort de Yûsef.

Il respire profondément afin de dégager d'abord les poumons, chargés d'angoisse, et de pouvoir crier, héler : « Shirine ! » Un silence désespéré. Ses cordes vocales ne répondent plus. Il n'est plus capable de dominer un seul de ses membres.

Sans doute est-ce le corps qui blâme la violence de l'âme, comme dit Lâla Bahâri.

Mais pourrait-il la caresser ?

Lui toucher la mèche ?

Se glisser dans ses bras ?

...

Le sol s'ébranle ; lui vacille et se précipite vers la porte, chassé par une voix éternelle, véhémente, qui hurle : « Comment peux-tu songer aux bras de Shirine ? N'as-tu pas honte ? Va-t'en ! »

Tant pis pour le thé, tant pis pour le pain, tant pis pour ce moment de grâce que lui aurait offert Shirine au petit matin.

Il y aura, espère-t-il, des offrandes à la mosquée.

Il met son bonnet, ses gants, prend son gros *gopitcha*, son turban et sa canne de roseau ; sort dans le petit couloir sombre, où ses pieds cherchent les bottes de caoutchouc qu'il va chausser non sans peine. Il n'est pas âgé, certes, mais il est déjà vieux, courbé sous le poids de l'outre, les jambes écartées en arc comme deux parenthèses, visage dévasté par le soleil et le froid, barbe poivre et sel avant l'âge, souffle court et bruyant... Il a l'impression d'avoir soixante ans, ou plus, plus encore que son père lorsqu'il se fit renverser par un camion tandis qu'il portait l'eau. Selon ses propres dires, il avait cette allure sénile bien plus tôt déjà, dès son adolescence. C'était arrivé soudainement. À la mort de son père, le soir même, il avait vieilli. Depuis, sa voix tremblait comme celle d'un vieillard, et aussi son corps, frileux en toute saison.

Le turban autour du bonnet et les bottes aux pieds, il se couvre de son *gopitcha*, par-dessus lequel il ajuste son tablier de cuir, puis attrape son outre en peau de bouc, accrochée au mur. Et part.

Traversant le jardin silencieux, englouti dans la tristesse d'un hiver stérile, Yûsef est hélé par la maîtresse de maison qui lui demande à voix basse d'apporter aujourd'hui deux *mashks* d'eau, elle aura des invités pour le déjeuner.

« Après la mosquée, répond-il.

– D'accord. Qu'Allah te bénisse, Yûsef! »

Crève, *nana* Nafasgol! Si Yûsef t'apporte de l'eau, c'est pour revenir à la maison et voir Shirine. Que la terre emporte tes invités!

Silencieusement, il franchit le portail.

Dehors, un autre monde l'attend, un monde sans eau.

Dehors, il n'est plus Yûsef, mais le porteur d'eau. C'est la sécheresse qui le veut. Cela fait deux années qu'il ne neige plus à Kaboul. Non seulement à Kaboul, mais aussi à Salang, dans les montagnes de l'Hindou Kouch. De même, pas de pluie; aucune goutte depuis mars dernier. Avec ce froid, tout est gelé, toutes les conduites et tous les tuyaux d'eau venant d'autres contrées… Et il n'y a que lui, Yûsef, le porteur d'eau, le mystérieux, qui connaît la voie souterraine et secrète d'une source d'eau chaude, dans les entrailles de la colline Bâghbâlâ, au pied de l'Hôtel Intercontinental qui domine la ville, et en dessous du mausolée Pir-é Bland. Oui, lui seul. Comment est la source? D'où viennent ses eaux au parfum de rose? Il se tait. Quelques-uns s'aventurèrent à descendre dans la source mais se sont perdus. Certains s'asphyxièrent même... Maintenant tout le monde a peur. On invente des légendes. On dit que la source est gardée par un *dèw*, un monstre aux yeux rouges, nu, à la peau grise, la langue pendante hors de sa bouche, un collier de têtes de mort autour du cou, deux cobras enlaçant ses bras, une épée tranchante à la main. Tout ce que la nuit absorbe, elle le lui apporte, au fond noir de la source. Certains l'appellent *Shishak*. Il ne faut donc pas y descendre, sauf si vous êtes... personne ne sait dire autre chose que « comme le porteur d'eau ». Et comment est-il, le porteur d'eau? Les réponses, Yûsef ne veut pas les entendre. Il préfère l'autre légende, répandue à cause des petites salamandres qui s'étaient glissées à deux ou trois reprises dans son outre. Ce sont, disent les gens, les nouveau-nés d'un dragon, retiré au fond de la grotte, avec qui le porteur d'eau a noué un pacte; l'eau qu'il leur apporte, c'est l'urine du dragon... Et lui, de temps à autre, ajoute qu'en racontant au dragon ce qui se passe dans la ville, il le fait pleurer, et ainsi recueille-t-il ses larmes – *ashks* dans son *mashk*, comme disait sa mère. D'où la tiédeur et la clarté de l'eau. Mais d'où vient son parfum de rose ? Lui-même l'ignore.

Que cette eau soit l'urine du dragon ou ses larmes, peu importe, tant qu'elle assouvit la soif. Qu'ils disent ce qu'ils veulent, cela ne les empêche guère de courir derrière lui, de le chérir, de le supplier de leur apporter de l'eau... Ah, quel triomphe sur ces crétins qui naguère se moquaient de lui, le traitaient d'eunuque. Eunuque, parce qu'il ne s'est jamais marié, n'a jamais connu la présence d'une femme dans son lit ni à ses côtés – hormis sa mère, décédée il y a trois ans, et Shirine, l'épouse de son frère aîné parti en Iran depuis longtemps, sans jamais rentrer ou donner la moindre nouvelle. C'est à lui de s'occuper d'elle.

Eunuque d'hier, le voici héros aujourd'hui, le sauveur des assoiffés, le prophète Khizr ! Personne n'ose plus l'insulter ni l'agresser ou le menacer. Personne n'ose plus l'attaquer à la sortie de la grotte pour lui arracher l'outre. Désormais, la vie et la mort des habitants de Kfir Koh sont entre les mains de Yûsef. « Quelle bande d'hypocrites ! Un jour, vous serez tous empoisonnés, tous, hommes, femmes, enfants... »

Un garçon muni d'un seau court derrière lui, criant à pleins poumons : « De l'eau ! » ; sa mère vient d'accoucher ; il a maintenant une petite sœur, se réjouit-il.

« Qu'Allah la protège ! »

Le porteur d'eau lui demande de le suivre jusqu'à la grotte, mais le garçon préfère l'attendre ici, il a peur du monstre. Le porteur d'eau rit et lui donne rendez-vous devant la mosquée. Soudain, il perçoit la voix criarde et métallique du mullah. C'est déjà l'appel à la prière ? Il s'arrête pour mieux entendre. Non, une sentence : « L'Émir Mullah Omar ordonne le sacrifice de cent vaches, dont la viande doit être distribuée aux pauvres, afin d'expier le retard des musulmans à l'anéantissement des Bouddhas. »

Il y aura donc offrande aujourd'hui.

Le porteur d'eau accélère le pas, court presque, jusqu'à ce qu'il arrive devant la grotte où un pauvre chien, tout maigre mais de grande taille, un chien de berger, somnole devant l'entrée, les yeux fermés. En entendant les bruits de pas, il ouvre un œil, puis l'autre. Il peine à se lever pour dégager l'entrée. Un vrai chien de garde, mais d'une paresse sénile, et toujours heureux de voir le porteur d'eau lui caresser le dos, et lui demander : « Tu as soif ? », avant de s'enfoncer dans l'antre.

# 5

Sortir d'un tunnel en plein déluge provoque *un choc interplanétaire*, comme on dit dans ta langue d'origine. Après quelques kilomètres de trêve pluviale, soudain, l'averse, comme si tu étais projeté dans un espace cosmo-aquatique. Tu penses que tu es immobile, sous l'eau, et tout autour de toi défile à la vitesse que tu lui donnes. Tu forces encore l'allure, jusqu'à une station-service.

À peine quittes-tu la voiture pour faire le plein que ton téléphone portable sonne. C'est Rina. Elle s'inquiète : « Pourquoi avoir pris la route si tôt, sous la pluie ?

— Justement, je devais partir tôt pour ne pas être en retard et ne pas rouler vite.

– Je comprends, je comprends », dit-elle sur un ton qui t'évite de t'enferrer davantage.

Oui, elle comprend tout. Parce qu'elle sait tout, parce qu'elle sent tout... Tant mieux, tu ne seras pas obligé de tout lui raconter, expliquer, justifier. De toute façon, c'est la fin de votre histoire, une fin inattendue; mais désespérément rêvée par l'un, volontairement ignorée par l'autre.

Chacun de vous se demande ce qui vous tenait ensemble jusqu'à aujourd'hui. Votre fille? Vos origines? L'exil? Les trois, bien sûr, et à cela, tu ajoutes la peur, la tienne, celle d'une vie sans femme. En effet, tu n'as jamais vécu seul, tu n'as jamais senti en toi l'abîme du manque et de l'abandon, même pas à la mort de ton père, ou à celle de ta mère. Ni d'ailleurs en exil, ni à cet instant où tu t'éloignes de Rina et de Lola. Incapable d'imaginer le vide que tu laisses par ton absence. Sans doute crois-tu que tu es toujours là où tu n'es pas.

Le pistolet distributeur du carburant s'arrête, signalant que le réservoir est maintenant plein, comme pour te ramener au monde présent, devant la pompe à essence, tout près de la frontière belge.

Après l'essence, un café. Tu t'achètes un croissant rassis, dégueulasse ; prends ton café, nauséabond. Puis tu t'assieds dans un coin, tu penses au premier jour de ton déplacement. Il ne pleuvait pas, tu avais fait le plein d'essence, nul besoin de t'arrêter, sauf une envie gênante et constante de pisser. L'effet du trac ou un vain soupçon de prostate. L'angoisse s'est dissipée au retour. Un retour sans arrêt, sans urine. Et avec deux contrats.

Te voilà aujourd'hui, trois ans après, dans la même station, mais pas dans la même situation. Cette fois-ci tu quittes ta femme, sans dessein précis, sans savoir ni où ni comment vivre après. Pouvoir t'installer à Amsterdam auprès de Nuria, rien n'est moins sûr ! Dès les premiers jours vous le saviez : aucun avenir commun, aucun projet. Elle, jeune et ambitieuse ; toi, âgé et poussiéreux. Sa beauté insolente et son intelligence t'intimidaient. Tu te disais que tu n'aurais jamais la force de l'aimer pleinement ni pour longtemps. À ses côtés, tu te sentirais un jour faible et vieux. Et pourtant tu n'aspires qu'à l'aimer, à tout abandonner pour vivre auprès d'elle.

Cette incertitude, tu l'as éprouvée le jour même où tu as rencontré Nuria pour la première fois. Elle s'est fait embarquer dans ta voiture sur cette même autoroute. Puis dans ta vie. Lentement. Progressivement. Paisiblement. Et cela malgré elle. Malgré toi.

À cette époque, tu ne te serais jamais cru capable d'abandonner Rina. « Elle est tes origines, ta jeunesse, ton exil et ton identité », te répétait souvent ta mère. Ta sœur te maudirait aussi. C'est elle qui avait tout échafaudé lors de son anniversaire pour que tu rencontres Rina, sa meilleure copine. Si jeunes, tous les deux, elle dix-sept ans, toi dix-neuf.

L'histoire de votre vie, tu ne peux l'ignorer. Tel un mythe des origines, vous le portez tous les deux en vous, aussi bien dans vos rêves que dans vos cauchemars, dans vos âmes et dans vos corps... Tu as beau essayer de l'oublier. Rina est là, gardienne du mythe, ta Clio. Elle s'empresse de le raconter à la moindre occasion, à n'importe qui désire entendre comment et pourquoi vous êtes arrivés en France. Elle commence par votre rencontre, à l'anniversaire de ta sœur, peu avant que tu ne quittes le pays pour le Pakistan, où tu l'as attendue pendant deux ans – mais elle ne pouvait venir seule. Et toi, comme un chevalier d'antan, tu es retourné malgré tout à Kaboul, clandestinement, au risque de te faire arrêter ou envoyer au front. Trois mois dans l'ombre, puis un mariage clandestin, et à nouveau l'exode, la route illicite vers le Pakistan, toi à pied, Rina sur un âne que tu avais dû acheter pour elle : « Il faisait chaud, très chaud, et moi sous le voile, que je mettais pour la première fois, j'étouffais de chaleur. On était avec le passeur et les Moudjahidines qui ne voulaient pas me voir visage découvert. Je ne savais pas comment me tenir sous le *tchadari*, comment marcher. Je ne voyais presque rien. Heureusement que l'on avait trouvé un âne. » Ici, elle s'arrête, jette un regard vers toi, sourire malicieux aux lèvres pour relater une anecdote. Tu ne sais pas si elle l'a inventée ou non. « Un moment, foudroyée par l'insolation, j'avais l'impression que Tom me portait sur ses épaules. Quand j'ai ouvert les yeux, je me suis rendu compte que je m'étais agrippée au cou de l'âne! » Et après un éclat de rire, elle reprend : « Bref, nous avons marché sept jours pour atteindre la frontière. Nous avons traversé de hautes montagnes, des vallées secrètes. Chaque pas, traversant des chemins minés, était une victoire sur la mort. Nos regards cherchaient les traces des pas de ceux qui nous avaient précédés. Les empreintes de leurs souliers étaient nos repères de survie. On se reposait peu, seulement lorsqu'on trouvait une mosquée ou une famille pour nous accueillir. À l'époque on était fiers d'être accompagnés par la résistance qui se battait contre l'invasion soviétique. Loin de nous l'idée qu'un jour ses héros deviendraient des monstres qui se retourneraient contre nous. Puis trois ans d'errance et d'incertitude. Et enfin, l'asile. D'abord l'Allemagne, puis la Belgique, et en dernier lieu, la France. »

Rina relate tout cela comme un conte. Et comme dans tous les contes, on aime entendre les mésaventures, la quête d'un foyer dans le confort de l'asile. Et le dénouement : *Vous vécûtes heureux et eûtes beaucoup d'enfants.* Rien de plus. Pourtant, cette banalité ne t'a absolument pas dérangé pendant des décennies. Convaincu que toutes les fables sont finalement les mêmes, banales. Elles répètent une même histoire sous différentes formes, avec différents noms. L'histoire originelle, personne ne la connaît. Même celle qui a inspiré les mythes de la Création. Elle n'est ni dans la Bible ni dans le Coran. D'ailleurs, d'après ces livres, l'humanité n'est qu'une copie, faite à l'image de Dieu. Et que dire des dieux non monothéistes ! Eux, ils sont faits à l'image de l'homme.

Oublions donc l'authenticité. Tout est double. Tout est simulacre. Il est vain et banal de rechercher l'authenticité, car tout le monde se croit unique, alors que nous revivons tous, d'une manière ou d'une autre, une même vie – laquelle ? Personne ne sait. Tout au long de cette vie empruntée, nous aimons, d'une manière ou d'une autre, une même personne – laquelle ? Personne ne sait.

Tout est donc *déjà-vu*, mais ignoré ou renié.

Cette conviction, non seulement tu la défendais avec zèle il y a encore quelque temps, mais tu la vivais intensément dans ton quotidien familial, tes flirts et ta carrière professionnelle. Ce n'est donc pas un hasard mais le destin si tu travailles comme technico-commercial dans cette entreprise nommée « Anagramme », où tu vends des appareils conformes à tes opinions : les machines de sérigraphie textile pour *reproduire* les grandes œuvres picturales. Tu en étais fier, fier de vivre en cohérence avec ta conception de la vie, inébranlable, jusqu'à ce que tu rencontres Nuria.

Nuria est sans doute cette personne que tu cherchais depuis un certain temps, depuis ta naissance. L'original de toutes tes femmes.

Et Rina, alors ?

Avec Rina, la vie c'est l'un pour l'autre. Avec Nuria, l'un par l'autre.

Rina est l'incarnation anticipée de Nuria, sinon tu ne l'aurais jamais rencontrée. Oui, toutes les femmes que tu as connues, ou pas encore, ne sont que ses avatars, y compris la première femme de ta vie, ta mère. Celle-ci t'a fait naître, certes, mais celle-là te conduit à la source de tes désirs, de ta jouissance, voire de ta renaissance. C'est elle qui t'a déterré du cimetière de tes aïeux et fait revivre ton prénom d'origine, Tamim.

Auprès de Nuria, tu dupliques ta vie, ton monde, ton destin.

Voilà toute la banalité que tu raconteras à Nuria, une fois que tu arriveras à Amsterdam.

Et pourquoi pas à Rina ?

Rina, elle connaît la chanson. Elle sait tout de toi, de tes théories, de tes errements, mais elle feint d'ignorer tout, comme la plupart des femmes afghanes. Elle se contente de tes mensonges, en les interprétant comme des signes de crainte et d'attachement, et pas comme de la lâcheté.

Mais la réalité est tout autre. Tu n'es pas lâche mais las. Las de vivre dans la clandestinité à laquelle tu te sentais condamné pour l'éternité.

Enfant, tu étais intimidé, marginalisé, oublié par les grands de ta famille, et blâmé par l'école. Avec cette envie enfantine de te cacher toujours, sinon de cacher quelque chose, sans raison aucune.

Adolescent, tu devais étouffer tous tes désirs pubertaires devant la famille, la société, la religion, la tradition, en te réfugiant dans tes fantasmes solitaires et secrets.

Adulte, tu souffrais de ton silence politique imposé par le gouvernement communiste contre lequel tu te battais aux côtés des jeunes résistants clandestins.

Puis la menace, l'amour furtif, le mariage caché, la fuite clandestine…

En bref, tu étais devenu dépendant. Un drogué. Addict à l'interdit et à la clandestinité. Inconsciemment, bien entendu. Lorsque tu es arrivé en France, en toute liberté, cela t'a sans doute manqué de vivre dans l'ombre. Cela te manquait sans que tu t'en rendes compte, peut-être par nostalgie – même si tu la détestes –, ou par habitude. En exil, aucune pensée occulte, aucune parole secrète, aucun désir interdit, aucun engagement politique souterrain ne peuvent te condamner. Sauf l'adultère. Tu le considères comme une révolte intime contre le régime totalitaire du monothéisme conjugal, dont les sacrosaintes lois morales te contraignent à vivre de nouveau dans la clandestinité, à cacher une passion blâmable, à maintenir des relations secrètes. Devenir à nouveau un traître.

Cette accoutumance à la clandestinité te fait croire que tu as peur de la liberté. « Serais-tu en Afghanistan, tu trouverais encore le moyen d'être comblé d'avoir à transgresser les interdits ! » Cette remarque de ton frère, un jour, t'encourage à sortir de ta pathologie. Elle te pousse à reprendre une nouvelle fois le chemin de l'exil et habiter enfin pleinement ta vie, tes désirs, ta liberté à Amsterdam, auprès de Nuria. Finie la clandestinité. Finie la culpabilité.

Soit.

Mais cette quête sera impossible si tu ne te détaches pas de ce que Rina appelle, non sans ironie, ta *banalité originale*, si tu continues à trahir tes mots, si Rina se contente toujours de tes mensonges. Il faut donc tout lui dire, ou redire. L'important n'est pas que Rina sache tout de toi, mais qu'elle t'entende dire tout. Ce n'est pas une question de confession ou d'aveu, mais le désir de ne plus vivre dans l'angoisse du mensonge.

Es-tu capable de tout dire?

Tu en doutes.

Devant Rina ta pensée se tait; tes mots se confondent avec le mythe de votre passé, se perdent dans la morale de votre fable de mariage; tes mensonges deviennent ta foi, ta vérité, à laquelle toi-même tu finis par croire.

Alors, il ne te reste qu'à lui écrire.

Tu vas lui écrire.

Tu vas écrire tout ce à quoi tu as songé cette nuit au lit, analysé ce matin en voiture, et théorisé là dans cette station-service. Une longue lettre, donc. Ou plutôt un manifeste personnel et conjugal.

De ta mallette, tu sors une feuille à en-tête « Anagramme », et tu attends, plume suspendue au-dessus de la page blanche, le surgissement des mots indécis.

# 6

À peine le porteur d'eau sort-il de la grotte, l'outre remplie d'eau tiède sur le dos, qu'il est hélé par deux jeunes Talibans, postés à quelques pas, et à qui le chien interdit d'approcher. Armés de kalachnikovs et d'un câble en guise de fouet, ils ont pourtant l'air intimidés par le berger décharné. L'un menace : « Dégage, chien de merde! », un gros caillou à la main. Mais le vieux cador reste en position, avec défi, jusqu'à ce qu'il entende les pas lourds et la voix tremblante du porteur d'eau. « Qu'est-ce qu'il y a? » Il abandonne alors fièrement les deux jeunes, et vient déguster les petites gouttes d'eau s'échappant du *mashk*. Les deux soldats d'Allah demandent au porteur d'eau de se dépêcher, c'est un grand jour. « L'Émir Mullah

Omar a sommé les fidèles de faire la prière toute la journée. »

Regard désespérément pendu au bout du câble que tient à la main l'un des Talibans, le porteur d'eau s'éloigne à grandes foulées, vite à bout de souffle. S'appuyant sur sa canne, il devance les deux autres, suivi du chien, toujours gueule ouverte à recueillir encore les gouttes d'eau qui suintent de l'outre à chaque pas hâtif.

Sur le chemin, les deux Talibans sollicitent aussi une gorgée d'eau, qu'il ne peut refuser, bien sûr. En échange, il les interroge – alors qu'ils se courbent derrière lui pour boire à même l'outre – sur la particularité de cette journée. « Grâce à Allah, répond l'un des deux, nos frères ont pu démolir hier les œuvres des idolâtres kafirs, les Bouddhas de Bâmiyân. »

Le porteur d'eau se tait, pensant au marchand hindou, Lâla Bahâri – est-ce qu'il tient le coup ? Jusqu'à hier matin il n'y croyait pas, prenant cette menace contre les statues de Bouddha comme un chantage politique. En tout cas c'est ce qu'il espérait. Il voulait mourir au pied du grand Bouddha, le Rouge, *Sorkh beut*. Mais le voilà maintenant, le grand Bouddha, mort à ses pieds.

Yûsef va passer voir Lâla Bahâri dans son échoppe en bas de la montagne de *Kafir Koh*, pas loin de la mosquée. Le pauvre Hindou, lui aussi doit ouvrir sa boutique à l'appel de la prière de l'aube ; sinon, quatre-vingt-dix-neuf coups de fouet sur le dos ! Oui, lui aussi doit servir les fidèles musulmans en premier, avant l'aurore.

Arrivé en bas de la montagne, Yûsef s'arrête pour reprendre son souffle et son élan avant de gravir la pente. D'habitude, il fait une pause devant l'échoppe de Lâla Bahâri, achète une cigarette au menthol, *Salem*. Ça dégage les poumons, croit-il, c'est bon pour les asthmatiques comme lui ; d'où son nom, *Salem*, et d'où ce dicton : « Un esprit *salim* communie avec un corps *sâlem* ».

Lâla Bahâri a beau lui expliquer à chaque fois que *Salem* n'a rien à voir avec le mot *sâlem*, « sain », ni avec *salim*, « sage » ; que la marque de cigarette Salem désigne une ville des États-Unis, mais aussi de l'Inde du Sud, et même une ville de la Bible, à l'ancien nom de Canaan, devenu plus tard Jérusalem. En plus, c'est très mauvais pour l'asthme. Le menthol donne une fausse impression, etc.

À qui parle Lâla Bahâri ?

Lui, le porteur d'eau, qu'a-t-il à faire de l'Histoire, de la géographie, de la médecine ? Pour lui *Salem* c'est *sâlem*. C'est tout.

Et actuellement il est en manque. Il fouille ses poches. Rien. L'échoppe n'est toujours pas ouverte. L'Hindou dévasté est sans doute resté chez lui sous le choc, en plein désarroi... Ou alors il est en route vers Bâmiyân, pour prier et pleurer sur les dépouilles des Bouddhas.

Yûsef reprend son chemin, jambes de plus en plus arquées, dos de plus en plus courbé, tête de plus en plus enfoncée dans les épaules. N'aurait-il pas la canne, il serait une bourrique sous le poids de l'outre. C'est à cela que lui servent ces deux héritages laissés par son père, l'un pour l'écraser, l'autre pour le soutenir. Il n'empêche que par un temps pareil, glacial, avoir un *mashk* tiède sur le dos, ça réchauffe, se dit-il pour se réconforter.

Il monte la pente ; derrière lui, le chien ; derrière le chien, les deux jeunes Talibans. Lorsqu'ils arrivent tout près de la mosquée, le petit garçon au seau court vers le porteur d'eau, mais il est aussitôt arrêté par le mullah : « D'abord la mosquée ! » Le petit implore, c'est pour sa mère, qui vient d'accoucher d'une fille.

Le mullah murmure quelque chose dans sa barbe – un verset du Coran ou des injures –, se retourne vers le porteur d'eau, et lui donne la permission d'un signe de tête. Alors que Yûsef verse de l'eau dans le seau, le mullah se plaint de voir si peu de fidèles à la mosquée, et demande aux deux jeunes soldats d'aller en chercher d'autres, de les réveiller et de les amener de force. « Et vite ! » Les deux courent.

Regard pointé sur eux, il marmonne désespérément : « Les Russes se sont démenés vainement pendant dix ans pour nous arracher à notre foi, et paradoxalement, ces gars-là ont réussi en dix jours ! »

Yûsef vide toute l'eau de l'outre dans le réservoir, et avant qu'il n'ait repris le chemin de la source, le mullah l'interpelle pour qu'il vienne avec lui faire la prière. Mais le porteur d'eau a encore sept foyers à désaltérer.

« Qu'ils crèvent ! C'est leur châtiment de ne pas avoir soif d'Allah », ronchonne le mullah, à qui le porteur d'eau rappelle que les femmes sont obligées de faire leur prière à la maison. Cette phrase fait taire le mullah qui ralentit et lève la main, égrenant le chapelet, pour lui faire signe de retourner à son travail, tout en lui intimant l'ordre, avec discrétion, de porter de l'eau à sa maison aussi.

« Cet après-midi », promet le porteur d'eau avant de dévaler la pente, content d'échapper à la prière. Quelle aubaine ! Toute sa gratitude au ciel de lui offrir un hiver si aride, et si clément pour lui, qui fait incliner le monde, même le mullah, à ses pieds bots et fragiles. Ce même mullah qui, jadis, avait exigé qu'il change son prénom, car c'est du blasphème d'attribuer le nom du prophète Yûsef à un eunuque. « Ah ! il verra, le mullah, comment ce prophète eunuque baisera un jour la jeune femme qu'il vient d'épouser ! » marmonne-t-il dans sa barbe.

Ses jambes, sans répit depuis une éternité, ne peuvent plus courir comme hier, elles ne sont pas obligées. Qu'elles prennent leur temps pour avancer doucement dans la pente, et acheminer de l'eau chez qui veut et en vaut la peine.

D'abord chez la patronne de la maison, sans faute. Mais seulement pour prendre le petit déjeuner avec Shirine. Lui apporter aujourd'hui du pain chaud et du fromage au lait cru, ou mieux encore, du *halim*, du bon, celui que fait le cousin du mullah, avec du bon blé, de la bonne viande de veau, poudré de cannelle indienne, envahissant de son parfum les rues et les maisons. Et tant apprécié par Shirine.

Oui, c'est avec ce délice, aussi doux qu'elle, qu'il va la réveiller, si elle dort encore.

Il accélère, et ses pas lui obéissent maintenant; mais il est aussitôt coupé dans son élan par une question qui le taraude depuis quelques jours, et à laquelle il voudrait en vain éviter de répondre. Mais elle revient n'importe où, dès qu'il pense à Shirine, remuant en lui des pensées sombres, contraignantes. Pourquoi ces derniers temps a-t-elle du mal à se réveiller ? « Une question bête ! » s'accuse-t-il, silencieusement. Il sait que personne n'a envie par ce temps féroce de quitter le *sandali*, de se traîner dans les rues et de recevoir sous n'importe quel prétexte des coups de fouet des Talibans. Personne.

Certes. Mais Shirine n'est pas obligée de sortir. Elle peut faire le ménage chez Nafasgol, préparer le petit déjeuner, sans aller chercher du pain ; et même rester dans la chambre, couchée dans le *sandali*, mais éveillée. Elle n'a qu'à soigner les petites choses de la vie, rapiécer l'édredon par endroits déchiré ou décousu. Ou ravauder les chaussettes trouées de son beau-frère... Ce qu'elle faisait avant. Ce n'est pas le froid la cause de sa torpeur. Aucunement. Ni une quelconque maladie. Sinon, il le saurait, d'une manière ou d'une autre. Elle-même le lui aurait dit.

Donc, il y a autre chose. Son mari. Certainement. Il lui manque, même si elle n'en parle pas. Pourtant, Yûsef le lui a demandé plusieurs fois, et sa réponse a toujours été brève et nette, sans équivoque : « Je me sens bien. » Et rien d'autre. Dans ses délires nocturnes, jamais elle ne prononce le nom de son mari. En tout cas Yûsef ne l'entend jamais crier Soleyman. Ni le pleurer.

Alors, ce n'est pas son mari, non plus, la cause de sa détresse. Il y a autre chose que cette absence incompréhensible; quelque chose que lui ne peut connaître. Il le sent, seulement. Il le sent parce qu'il voit qu'elle n'a plus goût à rien, qu'elle est de plus en plus silencieuse, de plus en plus retirée, de plus en plus amaigrie; elle mange à peine. Pourtant, depuis que Yûsef est l'homme le plus important et le plus demandé du quartier, tous les foyers lui offrent de bons plats. Même lui, maintenant qu'il gagne bien, achète des bonnes choses, du bon riz, de la bonne viande, des fruits frais et secs pour elle. Des vêtements aussi, beaux et chauds. Sa mère, si elle était encore vivante, serait stupéfaite de voir son fils dépenser tant d'argent pour sa belle-sœur, alors qu'il n'a jamais rien acheté pour elle, sa mère. D'ailleurs, cela le surprend lui-même tous les soins qu'il apporte à cette femme depuis un an. À son insu. Il ne se reconnaît plus ni dans ses gestes ni dans ses paroles. Il est ensorcelé; sinon, il n'aurait jamais pu aller à l'autre bout de la ville pour lui acheter un châle de soie beige, brodé à grands motifs d'oiseaux gris. Shirine garde ce châle comme une étoffe sacrée, pour ne le mettre que les vendredis, ou pendant les aïds. À part ces rares occasions, le présent reste accroché soigneusement au mur, le seul ornement de leur chambre, à portée de sa vue à lui, Yûsef. Que s'est-il passé en lui? Alors qu'avant, il l'évitait, la traitait comme son esclave, et pire, comme une charge que la coutume et l'honneur lui imposaient. Sa seule mission était de veiller sur sa chasteté, pour qu'elle ne déshonore pas la famille, qu'elle ne soit pas à la charge de quelqu'un d'autre, y compris de sa famille à elle, que personne d'autre ne l'aborde, ne la débauche... Question de *nâmous*, honneur et fierté de la famille.

Il en voulait à son frère de lui avoir laissé une telle tâche. D'ailleurs, Soleyman n'était pas si soucieux. Il lui était complètement indifférent qu'elle porte ou non le *tchadari*, ou qu'un étranger pose le regard sur sa femme. Pourtant son frère n'était pas un impie, il respectait les paroles d'Allah et de son prophète. Il tenait à l'honneur de sa famille.

En pensant à l'attitude de son frère, il se rappelle que lui non plus n'était pas si préoccupé des questions de *nâmous* vis-à-vis d'elle, sa belle-sœur, ni même à l'égard de sa propre mère. Dieu merci, il n'avait pas eu de sœur. La solitude, dès l'âge de douze ans, l'avait rendu sauvage, sans obligation ni responsabilité. *Homme de neige*, l'appelait sa mère. Étrange présage. Comme si elle savait que son fils fondrait un jour.

En descendant la pente, il jette un regard furtif vers l'échoppe, toujours fermée. Il n'a pas le temps ni le cœur d'aller chercher *Salem* ailleurs, plus loin. Il reprend le chemin de la source, comme celui de sa pensée.

La petite Shirine ne mange plus, ne parle plus… Si ce n'est pas à cause de l'absence de Soleyman, c'est forcément soit à cause de Lâla Bahâri, ou à cause du « connard » de mari de Nafasgol, Dawood. C'est à cause de celui-ci, il en est sûr. Yûsef aurait dû quitter la maison et partir ailleurs avec sa belle-sœur. Il ne supporte plus que Dawood jette des regards doux et avides sur elle. Il lui crèverait les yeux. Il aurait dû le tuer le jour où il le vit aborder Shirine.

Il ralentit les pas.

Ses égarements reprennent.

Pourquoi Shirine l'avait-elle laissé s'approcher ? Pourquoi avait-elle osé lui adresser la parole ? Elle lui avait même souri. Yûsef s'en souvient et pense qu'elle aurait dû baisser les yeux devant Dawood, l'esquiver. La garce ! Il aurait fallu les enterrer vivants, tous les deux, ce jour-là. Même Nafasgol en aurait été heureuse. Elle l'aurait sûrement aidé. Mais pourquoi cette damnée ne dit-elle rien à son mari ? Elle en a peur au fond d'elle.

Ils sont lâches, sans dignité, ces Kaboulis *bénâmous*, tous !

## 7

Dire ou ne pas dire, c'est la question la plus
existentielle de ta culture d'origine. Certes, innom-
brables sont ceux qui, comme toi, préfèrent mentir,
pensant éviter ainsi le dilemme ; mais au fond d'eux,
la question demeure fatidique, et le dilemme, inso-
luble.

Même toi, convaincu du *déjà-dit*, du *déjà-
entendu*, tu n'as jamais réussi à te défaire de ce
dilemme identitaire. La preuve, pour tout écrire à
Rina, c'est la deuxième feuille que tu griffonnes puis
déchires. Tu ne sais plus quoi dire, comment dire,
ce qu'il faut dire... même si tu penses que tout ce
que tu vas écrire, Rina le connaît à l'avance. C'est
du *déjà-su*.

Contrarié, tu te détaches de la table, prêt à partir, quand la dame de service s'approche, avec sa poubelle ambulante dont les roues mal graissées émettent un bruit sec et sourd qui perce ton cerveau, pénètre dans ta pensée. Sans faire attention à toi, sans te demander si elle peut, la femme ramasse les gobelets et tes papiers déchirés, regarde furtivement les mots que tu as griffonnés : « Rina, ma lâcheté l'emporte sur ma compassion pour t'écrire cette lettre. » Elle lève la tête ; et de ses yeux fatigués derrière ses grosses lunettes de myope, elle te jette un coup d'œil pathétique et s'en va, muette, les bouts de papier à la main. Tu la suis du regard pour voir où elle va jeter tes mots. Sans doute va-t-elle les emporter chez elle ; le soir, elle les lira à son mari, pour rire avec lui de ta banalité.

Soudain, ta phrase te paraît plus ridicule et falote que banale – la banalité, tu le sais bien, c'est ton obsession ; elle passe et s'efface quand tu la dis, mais quand tu l'écris, elle est ridicule.

Donc,

pas de mots,

pas de voix.

Ne rien dire, le silence.

Se taire n'est pas trahir, c'est rester loyal envers l'autre, plus loyal que se cacher derrière le lyrisme criard.

Ainsi te consoles-tu. Mais en refermant ta mallette, tu te sens trahi tout au fond de toi. Trahi par toi-même. Si tu n'écris pas cette lettre, fais demi-tour, rentre chez toi, retrouve ta *banalité originale*, répète la vie de tes aïeux, revis leurs pensées et leurs mots.

Et sois heureux !

Heureux dans l'éternel retour à la clandestinité, l'angoisse des mensonges, et de ta vie *déjà vécue*.

Tu sors de ta mallette une nouvelle feuille à en-tête « Anagramme », et par une pulsion singulière, tu te mets à écrire dans ta langue maternelle. Cela fait un certain temps que tu n'as pas tracé de mots en persan. Même quand tu parles à la maison, tu ne t'exprimes que dans ta langue d'asile, alors que Rina te répond dans votre langue d'origine. Mais là, cette prompte envie d'écrire en persan, comment l'interpréter ? Une ruse pour surprendre Rina ? Pour qu'elle n'aperçoive guère, comme la femme de service, la banalité ridicule de tes mots en français ? Ou bien veux-tu annoncer cette rupture dans ta langue ancestrale, une manière de sous-entendre que votre histoire n'appartient qu'au passé, à vos origines ?

Rina sait que tu ne *veux* plus te reconnaître dans cette langue avec laquelle tu lui écris, cette langue que tu avais condamnée au silence et à l'oubli depuis ton exil. Il n'empêche qu'elle domine toujours d'une manière ou d'une autre ta pensée, tes émotions, même lorsque tu les exposes en français. Ta maladie de paramnésie en est une conséquence, car le persan est une langue qui chante à l'imparfait, où tout peut se répéter autant que l'on veut. C'est une langue nostalgique, non pas à cause de l'exil, mais elle l'est, d'après toi, dans son essence, en soi, par ses règles de bon usage qui reflètent une chose importante : le futur n'y a pas sa propre forme, comme en français. Tu ne sais parler de ton avenir, non seulement parce que tu n'as aucun projet du lendemain, mais aussi parce que tu ne peux formuler grammaticalement ce que tu *feras* dans les jours qui viennent. Ta langue comme ta vie d'exilé ne te le permettent pas. Dans ta culture ancestrale, le futur se forme avec l'auxiliaire *vouloir* conjugué au présent et le verbe principal au passé, à la troisième presonne. Quel mystère ! Quelle contradiction ! Comme si, dans cette culture de la fatalité, le futur ne dépendait que de la volonté, alors qu'il appartient, par sa forme grammaticale, au passé et à un tiers. Autrement dit ton avenir est déjà vécu par quelqu'un d'autre. Tout est déjà-vu.

Pour écrire cette lettre tu recours à cette langue *hiératique*, selon ton expression, alors même que tu

es en train de couper tous les ponts avec ta vie anté-
rieure pour te jeter dans le *jamais-vu*. Étrange, tu
cherches plutôt à boucler la boucle en enterrant tes
noces dans la langue de leur célébration. Pourtant,
ce n'est pas la raison pour laquelle tu t'es mis depuis
peu à lire des poèmes persans, à prêter l'oreille aux
chansons afghanes que naguère tu méprisais. Ce
retour à ta culture d'origine, ce n'est quand même
pas pour t'entraîner en secret à cette annonce.
Non. Ce retour est plutôt signé Nuria. En fait, c'est
elle qui, à force de te poser tant de questions et de
manifester tant d'intérêt au sujet de tes origines, a
exalté en toi le jeu de séduction par la poésie qu'elle
a attribué à ta langue, Dieu sait pourquoi. Un jeu
que tu pratiquais, ô combien efficacement! dans
ta jeunesse. Et là, pour une lettre de séparation, tu
ressors après tant d'années les armes d'antan. Tu
n'as pas oublié qu'afin d'éviter dans une telle situation les réactions prévisibles, il te faut de la philosophie et de la poésie, en sachant néanmoins que
c'est la plus ringarde des manières d'annoncer une
rupture. Qu'importe, tu as décidé d'être plus que
jamais séducteur – éloquent et élégant –, même pour
quitter ta femme.

Reviens à ta lettre.

Tu écris donc en persan tes credos.

La vie comme jeu avec ses règles que tu transgresses aujourd'hui.

La triche, comme la trahison, comme l'infidélité, un combat contre la fatalité que les règles t'imposent.

Enfin, la rencontre de *la femme originelle*...

Et tu écris.

Le point final mis, tu te demandes s'il est bien nécessaire de parler de Nuria, comme si tu avais écrit cette lettre sans préméditation aucune, tandis que tu as pesé chaque mot avec soin, construit d'abord chaque phrase dans ta tête, mesuré chaque virgule, chaque point. Tu as donc parlé d'elle sciemment. Pourquoi alors cette hésitation ? N'es-tu pas fatigué de tes tergiversations ?

Tu te relis. Trois pages d'une traite, sans t'attarder sur quoi que ce soit. Surpris, tu ne crois plus à ces mots persans. Ces idées-là, tu ne les avais jamais exposées dans aucune autre langue que le français.

Dans ta langue maternelle, elles prennent une autre dimension, plus lyrique que prosaïque. Et moins confuse. Sans aucun doute, ce n'est pas toi qui t'exprimes en persan, mais tes origines, tes ancêtres. C'est Tamim, revenu à la vie, et non plus Tom, qui écrit. Tom aurait rédigé la lettre en fran-

çais. Persuadé que sa langue d'origine ne se prê-
tait pas à exprimer ses conceptions de la vie. Elle
n'était bonne qu'à raconter des histoires simples ou
des poèmes. Mais en écrivant en persan, il se rend
compte que ses mots français, empruntés fraîche-
ment aux dictionnaires, n'ont jamais vécu en lui. Ils
sont étrangers à sa pensée, à ses sentiments... en
exil dans son âme afghane, qu'il aimerait tant tra-
vestir en esprit français. Vainement. Il ressemble à
son oncle unijambiste qui avec sa prothèse pensait
marcher comme les gens normaux. Risiblement. Le
grand-père, toujours lui, le comparait à ce corbeau
qui à force d'imiter maladroitement la marche de la
perdrix avait fini par oublier la sienne aussi.

Tom fait pareil. Il déguise sa pensée afghane
et se voile derrière les mots et les concepts français.
Le gouffre est là, dans le blanc entre tes mots et ta
pensée, dans la distance entre tes deux prénoms,
dans ce chemin que parcourent les mots entre ton
esprit et ta main ; tout au long de cette distance entre
Kaboul, Paris et Amsterdam où flotte ton corps de
proscrit.

C'est là, dans cette station-service, devant ta
lettre, que tu ressens, vingt-cinq ans après, l'infer-
nal vertige de l'abîme que creuse l'exil entre les mots
et la pensée.

Du silence, un long moment.

Faut-il tout jeter, et récrire tout en français ?

Tu trahirais donc tes mots.

Encore le dilemme ! N'es-tu pas fatigué de cette *sarabande* ?

Si.

Alors, reprends ta lettre. Relis-la une dernière fois.

Et tu lis.

Aucune faute apparemment.

Tu mets la lettre sans hâte dans une enveloppe prête à poster, tu la glisses dans la boîte aux lettres de la station.

En route.

Et pour vivre pleinement cette rupture radicale, tu mets le CD de Bob Dylan que Nuria t'a gravé.

*One more cup of coffee for the road...*

Et tu chantes.

8

Non, Yûsef ne peut trahir sa belle-sœur. Il ne
dira mot à Nafasgol de ce qui se passe entre Shirine
et Dawood; c'est elle qu'elle mettrait dehors, pas
son mari. À lui, elle n'osera rien dire. Ni d'ailleurs
à Yûsef, dont elle a besoin. En revanche, non seulement elle chassera Shirine de la maison, mais elle
n'hésitera pas à la dénoncer aux Talibans pour adultère, un crime aussi impie que le blasphème. Et ça
sera la fin. On amènera Shirine au Stade de Kaboul,
on la lapidera.

Ses mains tremblent dans les gants, ses jambes
en arc se plient encore plus, elles ne peuvent sup-
porter le poids d'une telle trahison. Ses poumons
non plus; ils se rétrécissent et n'aspirent plus d'air.
Il suffoque. S'assied sur un rocher, cherche invo-

lontairement une Salem dans ses poches. En vain. Il explore du regard la rue, aucune échoppe n'est encore ouverte. Dans la brume matinale, il ne voit que quelques silhouettes, tirant un bouc à sacrifier devant la mosquée. Il faut bien. Sinon, c'est quatre-vingt-dix-neuf coups de fouet sur le dos !

Yûsef reste immobile sur le rocher, en manque de souffle et de *Salem*, essayant de prendre d'abord la bonne posture, puis de respirer lentement, comme le lui a conseillé Lâla Bahâri, par le nez si les pensées sont paisibles, par la bouche si elles sont tumultueuses, afin de maîtriser ses émotions, ses angoisses – source de son asthme. Et, surtout, ne plus penser. Ne plus penser à rien, à personne.

Impossible.

Elle est toujours là, Shirine. Toujours avec sa mèche rebelle. Partout. Lui, il ne peut s'en défaire. Il ne peut se trahir. L'étoffe de sa pensée est brodée de la mèche de Shirine. D'où vient cet attachement ? Ce n'est pas parce qu'elle est sa belle-sœur, son honneur, son *nâmous*. Absolument pas. Sinon lui, le premier, doit la lapider. Elle est autre chose, au-delà du *nâmous*, au-delà du sacré. Pourrait-il la considérer comme une sœur de lait, une *hamshira*, avec qui il aurait partagé le sein de sa mère ? Peut-être. Mais lui qui n'eut jamais de sœur ne peut absolument connaître la nature d'une telle dévotion ; il préfère pourtant cette affection fraternelle inconnue au sentiment très bizarre et violent qu'il éprouve en ce moment envers elle. Telle une *hamshira*, Shirine lui serait *mahram*, interdite à tout autre attachement ; tandis que selon la loi du lévirat, étant sa belle-sœur, elle est *nâ-mahram*, bonne pour épouser un jour. Sans aucune crainte incestueuse. Mais comment Yûsef pourrait-il remplacer son frère Soleyman dans les bras de Shirine ? Il n'ose même pas l'imaginer. C'est au-delà de l'adultère, au-delà de l'inceste. Il maudit encore une fois son frère.

Il s'étouffe.

Respirer aggrave sa crise d'asthme. La sueur de l'angoisse sur son front gèle dans l'air glacial, comme sa rage dans son souffle. Il ferme les yeux, retient son haleine autant qu'il peut, en ne pensant qu'au rythme de son cœur. Son cœur bat fort, et se bat, a-t-il l'impression, se bat contre quelque chose que lui ne connaît pas. Ou n'ose pas connaître. Ni nommer. Il n'aspire qu'au calme de son esprit et de son cœur. Rien d'autre.

Il peine à expirer un long souffle.

Se met debout.

Retourne à la source.

Sur le chemin, il ne croise personne. À cette heure tous les habitants du quartier sont en train de prier, sauf lui et son chien de garde qui l'attend au bout de la rue.

Devant la gorge de la grotte, le chien reprend sa place ; le porteur d'eau remplit son outre d'air et s'engouffre dans l'antre, avec tous les souvenirs de son frère.

Les vendredis matin ils y venaient, tous les deux, avec leur père. Non pas pour chercher de l'eau, mais pour faire leurs ablutions avant l'appel à la prière de midi. Yûsef aimait ça, notamment quand il faisait froid. Mais pas son frère ; lui en avait peur. On le traînait de force, il pleurait. Une fois dans la grotte, il suffoquait, ou faisait semblant. Le père lui donnait de l'eau, beaucoup d'eau, de l'eau bénéfique. Rien à faire. Soleyman régurgitait l'eau, recevait des taloches.

À Yûsef il apprit tout ; pour commencer, avant de descendre à la source comment remplir son outre d'air, pour en aspirer une fois en bas, là où il en manque ; ensuite, comment atteindre la source sans lumière, en jalonnant le chemin avec les pierres de la paroi de la grotte ; comment prendre de l'eau à l'aveugle, rouler la grosse pierre ronde pour condamner le passage labyrinthique qui conduit à la source et enfin comment en sortir, remonter par un autre tunnel moins en pente, mieux aéré, mais plus long. Il y a apparemment une troisième voie que son père n'avait jamais explorée, et qu'il interdisait à Yûsef.

Oui, tout fut calculé, réfléchi, gardé secret. Cette source était tout pour son père. Une source de vie, pour laquelle il ne voulut jamais quitter le quartier, même lorsque la guerre éclata.

Il revendiquait la source comme sa propriété, parce que c'était lui qui l'avait découverte. Tout fier, il ne vendait pas cette eau. « Cette eau, disait-il à tout le monde, était de l'eau bénie, de l'eau qui venait du mausolée *Pir-é Bland*, un saint musulman, un vrai, enterré au flanc de la colline. D'où sa clarté et sa pureté, d'où sa tiédeur et sa douceur ». Il en apportait à la maison pour la famille. Il faisait le thé avec. Du très bon thé, dont ses invités raffolaient. Tout le monde lui conseillait d'ouvrir un *tchaykhâna*. « J'y pense, j'y pense. » Il brûlait d'en avoir une, au-dessus de la source, au pied du mausolée, une belle maison de thé.

Il ne voulait absolument pas que ses enfants fassent son métier. Il rêvait que ses garçons deviennent deux grands restaurateurs de Kaboul. Aussi les envoya-t-il travailler chez les voisins, comme aides-cuisiniers. Soleyman chez Najibe *âgha*, Yûsef chez *nana* Nafasgol.

Mais il emporta ses rêves avec lui.

Quand il mourut, Yûsef et Soleyman étaient jeunes. Huit et dix ans ? Yûsef ne sait pas, il n'a jamais su leur âge ; même aujourd'hui il l'ignore. Qu'importe.

Il se souvient de sa mère qui disait que la mort de son mari n'était pas un accident, mais bel et bien un meurtre. Yûsef ne comprenait pas sa mère. Pourquoi un meurtre ? Son père n'était ni soldat, ni riche, ni communiste, ni moudjahid... Plus tard, il comprit que son père pratiquait un métier dont seuls les hommes originaires de Shamâli, en particulier les Kalakânis, devaient avoir le privilège. Lui, un Hazara, venu de la vallée d'Adjar, du côté du barrage du Dragon, n'avait pas droit de voler leur gagne-pain. Pourtant, malgré leurs menaces, il continuait à porter sous leur nez l'outre ancestrale. Rien à faire. Il avait fallu s'en débarrasser.

Sa mère disait que pour cette raison – pour que leurs enfants ne soient embêtés par les Kalakânis – son mari avait changé leurs prénoms en Soleyman et Yûsef – rares chez les Hazaras –, oubliant que les traits de leur visage, leurs yeux en amande, leur nez aplati les trahiraient.

Ce souvenir fait rire Yûsef. Un rire jaune. Il n'apprécie guère la suite, un monde sans les rêves du père.

Dans le noir absolu, en remplissant son outre, Yûsef se demande – comme pour faire taire ses souvenirs – pourquoi depuis qu'il descend chercher de l'eau il n'a jamais eu envie de voir l'endroit. Comment est-elle, la source ? Sa profondeur, sa couleur ? De temps à autre, au fond des eaux, brillent quelques pierres lumineuses qu'il ne faut pas chercher, elles sont dans les profondeurs, insaisissables. Sinon, Yûsef en aurait apporté quelques-unes à Shirine. Elles sont belles et rares. Quand Yûsef en repère une, il contemple un bon moment ce spectacle magique des pierres luisantes, jusqu'à ce qu'il n'y ait plus d'air dans ses poumons ni dans son outre. Il ne voit rien d'autre dans cette source. Ce n'est pas la curiosité qui lui manque, mais l'audace, étouffée par son père qui le mettait sans cesse en garde contre l'esprit de la source, en lui interdisant d'y allumer du feu : « La flamme consume l'air et la chaleur tarit la source. » Il disait aussi : « La source est l'œil de la terre ; elle nous voit si nous la contemplons dans la lumière, et elle gardera notre image dans ses sombres profondeurs, appelant notre âme. »

# 9

Tu aurais dû changer les essuie-glaces, ils sont fatigués, ils peinent à chasser l'eau qui se déverse abondamment sur le pare-brise. Ça donne l'impression de rouler dans un gigantesque aquarium.

L'image t'enchante, elle te rappelle les cris joyeux de Lola, âgée de six ans, nez collé à la fenêtre : « Papa, il pleut. Regarde ! nous sommes des poissons, parlons sans voix ! » Après avoir ouvert et fermé plusieurs fois ses petites lèvres, elle te demande : « Maintenant, dis ce que j'ai dit. » Et toi, connaissant son jeu, tu réponds avec les deux mots persans, « *Toshna-stom* », qu'elle connaît pour crier : « J'ai soif ! »

Mais là, aujourd'hui, ces eaux brouillent dangereusement ta vision. Tu dois te concentrer sur la route, et à tout prix éviter de conduire derrière les camions. Il ne faut penser qu'à la route, même si tu as mille et une choses à mettre en place dans ta tête comme dans ta vie, avant de voir Nuria, dès demain.

Impossible.

Il y a une image, une autre, qui, comme les eaux sur la vitre, ne peut être balayée de l'écran de ton esprit. Une image qui t'inquiète, celle de Rina quand elle recevra la lettre demain. Impossible de l'imaginer, tant elle est imprévisible sous son apparence sage et stoïque. À ceux qui la définissent comme une branche de bois sèche, elle dit qu'il faut faire attention, elle prend feu facilement ; et à ceux qui la désignent comme un morceau de glace, elle déclare qu'elle peut fondre brusquement. Mais tu ne saurais dire, même après plusieurs décennies de vie commune, ce qui pourrait l'enflammer ou la faire fondre. Elle pourrait, après avoir lu la lettre, aussi bien dire : « Tout finit par passer », suivi d'un long soupir, et rien d'autre ; que déchirer les feuilles en hurlant et en cassant tout ce qui se trouvera à portée de sa main.

Les jeux sont faits, point de retour. La vie est semblable à l'eau, selon un adage que ta mère répétait souvent. Elle coule dans le sens de la pente, et il ne faut pas la détourner, sinon elle t'emportera avec elle ou croupira.

Laisse-toi donc couler vers les Pays-Bas. Rina restera où elle est. Elle n'aime guère ni brûler ni fondre. Elle se contentera de ce qui lui reste : votre fille, votre appartement, et les petites choses de la vie, c'est tout. Comme d'habitude, elle ne travaillera pas dehors, elle fera de la garde d'enfants à domicile. Elle est très habile avec les petits. « Auprès d'eux, dit-elle, j'apprends comment croire au monde. » Elle ne sortira plus avec ses rares copines, « avec elles, je perds toute confiance en moi ». Elle se consacrera entièrement à l'éducation de votre fille et à sa lecture de l'histoire naturelle, sans rater une seule émission animalière à la télévision, « les animaux m'enseignent beaucoup sur les hommes ».

Rien d'autre.

Et si elle fond ou brûle ?

Ta vision devient opaque et liquide, comme l'eau sur le pare-brise. Tu crois que toute cette eau qui tombe, c'est elle, Rina la torrentielle. Cette eau t'emportera. Ta mère ne disait-elle pas que toutes les eaux du monde ont leur source dans l'œil de la femme ? Dans ta langue maternelle les deux mots œil et source ont la même origine, *tchashm* et *tchashma* !

Un vieux camion-citerne change de file pour doubler à toute allure une pauvre camionnette, et projette toute la flotte sur ton pare-brise. Tu reviens à ta conduite. Tu ralentis. Tu roules quelques kilomètres, en essayant de chasser toutes tes pensées embuées et de te concentrer à nouveau sur la route. Vainement. Les paroles de ta mère te replongent dans la source profonde de ta vie. Tu les avais oubliées, alors que ces paroles étaient attachées à l'image que tu gardes d'elle. Contrairement à ce qu'elle disait, personne ne l'avait jamais vue pleurer, ni de tristesse, ni de joie, ni de douleur, jamais ; même pas le jour où toi, son jeune fils de dix-neuf ans, tu étais parti seul et clandestinement en exil. Ni à la mort de son mari non plus. Ni même plus tard le jour où le médecin lui a dit de faire ses adieux à ses proches…

Tout son *tchashma* avait tari.

Ta gorge se serre.

L'air de la voiture est devenu irrespirable. Tu baisses la vitre, et ne reçois qu'un bon seau de pluie ; tu la refermes aussitôt et baisses la température du chauffage, tout oublier encore pour quelques heures. Mais l'image de ta mère persiste ; une image floue, délavée, tremblante, comme sortie du fond des eaux troubles après dix ans de noyade. Son visage stoïque.

Un beau masque qui cachait sa vraie beauté, comme pour la protéger. Elle était belle quand on la détaillait longuement. Mais son regard sec et fuyant ne permettait à personne de l'observer très longtemps. Elle n'aimait guère être regardée. Tu n'as jamais compris pourquoi. Avait-elle honte de sa beauté ? Jusqu'à sa maladie tu croyais que c'était à cause de son veuvage. Très jeune, elle avait perdu son mari, noyé dans les profondeurs du lac glacial de *Bandé Amir*, en accompagnant un groupe de touristes dans les vallées de Bâmiyân. Il avait laissé deux enfants à la charge de sa femme. Toi, le cadet, tu n'avais que six ans ; tu ne comprenais pas grand-chose. La mort de ton père n'était à tes yeux qu'un jeu de cache-cache.

De ce moment, où tu as vu le corps déformé de ton père, tu n'as gardé en mémoire que les yeux vides et les lèvres scellées de ta mère, alors que tout son entourage, tes oncles, tes tantes, tes grands-parents, ne s'est pas privé de manifester son deuil ostensiblement, dans les cris et les larmes. Même après le deuil, ta mère avait continué à vivre comme si rien ne s'était passé ; elle ne voulait rien changer à sa vie. Mais elle devait travailler deux ou trois fois plus qu'avant, sans jamais se plaindre. De la même manière, dans les instants d'euphorie et de fêtes, tu ne l'avais jamais vue se réjouir. Le rire lui aurait ôté le masque, aurait abîmé la grâce de son visage. Était-elle si consciente de sa beauté ? Elle ne la soulignait pourtant jamais de maquillage. Même quand elle avait été désignée Mère de l'année, elle était montée sur scène lors de la cérémonie vêtue de ses habits ordinaires – mais avec son élégance innée. Là non plus, tu ne l'avais pas trouvée aussi joyeuse qu'attendu. Elle n'avait prononcé que quelques mots très simples et conventionnels, rien de plus. Si elle était restée à Kaboul, elle ne se serait jamais plainte de porter le *tchadari* ; au contraire, elle aurait même été ravie de mieux cacher encore son visage qui troublait tout le monde, y compris ses enfants, surtout toi, le plus aimé. Après sa mort, tu as tout fait pour oublier ce masque, en inventant mille et une expressions que tu aurais souhaité voir sur ce visage.

Serait-elle vivante, tu n'oserais pas quitter Rina. Un simple regard d'elle, sans expression aucune, suffirait pour que tu renonces à cette idée qu'elle aurait qualifiée dans sa langue de *nâ-jawanmardi*, terme impossible à traduire autrement que par la négation de toutes les valeurs nobles et rêvées dans sa culture – la virilité, la juvénilité, la courtoisie, la générosité, le caractère chevaleresque…

À quel moment de ta vie as-tu cru en *jawan-mardi*? Jamais! Et jamais tu ne retourneras à Rina pour te prévaloir d'une telle valeur.

Tu accélères, comme pour te précipiter dans les flots de larmes.

## 10

Yûsef aurait dû changer son outre. Ou la rapiécer. Elle est avachie, trouée de part et d'autre, pour le
bonheur du chien qui court toujours derrière le porteur d'eau, se délectant encore de chaque goutte de
l'eau limpide et douce. Laissez l'outre ! Yûsef aurait
dû changer de métier, voire de vie, faire n'importe
quoi sauf porter de l'eau. Mais, comme disait sa
mère, « il n'est bon à rien ». Il ne fréquenta aucune
école ni aucune mosquée pour apprendre à lire et à
écrire. Il ne connaît même pas le Coran de mémoire.
Heureusement, se réjouit-il, sinon il devrait brailler
du matin au soir aux côtés des Talibans !

Une fois ces mots marmonnés dans sa barbe,
Yûsef s'arrête, regarde à droite et à gauche de crainte
d'être entendu, même s'il ne parle qu'à lui-même.

On ne sait jamais, dans cette ville de damnés et de possédés, il y en a capables de percevoir toutes les voix intérieures, surtout celles qui portent des pensées impies. Qu'Allah, le Miséricordieux, lui pardonne! Qu'Il chasse le Satan qui s'empare de Yûsef. Yûsef est innocent, un illettré, qui ne sait distinguer la parole d'Allah de celle du Shaytan.

Pour ne plus tomber dans des pensées sataniques, il compte. Les chiffres, il connaît, surtout quand il s'agit de calculer la somme récoltée en temps de sécheresse, ou de compter les traces de ses pas sur cette terre glaciale.

Après trois cent cinquante-six enjambées, il arrive devant la maison de Najib, frappe à la porte métallique qui, comme il y a deux jours, s'ouvre d'elle-même, laissant échapper un bruit grinçant. La cour est toujours vide, si l'on ignore les deux maigres poules, tête toujours enfoncée dans des trous, sans doute picorant, faute de graines, des fourmis en sommeil dans leur nid hiémal.

La véranda est aussi vide qu'avant-hier. D'habitude, à cette heure-ci, Najib se réfugie dans sa cage vitrée. Entouré de ses livres, le regard perdu dans les cahiers de ses étudiants, il sirote paisiblement son thé vert. Au bruit des pas de Yûsef, il lève la tête

puis ôte ses lunettes pour l'accueillir avec un sourire, lui demandant, comme à chaque fois, où il en
est de la cueillette de ses pas. Car, comme le dit la
légende qu'il lui avait racontée, les traces de pas de
chaque homme sont éparpillées sur terre dès sa naissance. Et l'homme, du premier jour où il marche, en
ramasse une à chaque pas, jusqu'au jour où il cueille
sa dernière trace, et c'est la fin, la mort.

Quand Najib lui avait soufflé cette pensée
funeste, le porteur d'eau, pendant quelque temps,
avait compté ses pas de manière obsessionnelle,
marchant à grandes enjambées afin de les écono-
miser. Et de temps à autre, au retour, il essayait de
reprendre exactement le même chemin qu'à l'aller,
afin de remettre le pied dans les traces qu'il avait
laissées. Mais ce n'était pas évident ; il fallait les
repérer, les reconnaître, et pour cela, non seulement
Yûsef scrutait constamment le sol, mais il devait
aussi chausser des *kalawshs* ou des bottes dont les
empreintes sont visibles et faciles à distinguer des
autres. Il en oubliait sa destination, et s'égarait en
chemin, tant il était concentré sur ses enjambées. À
chaque pas, il se demandait si ce n'était pas le dernier. Très vite, il abandonna cette obsession, sans
dire un mot à Najib ; il lui donnait des chiffres men-
songers, et toujours plus importants, cent mille pas,

deux cent mille, trois cent mille comme si, concluait Najib, il était pressé d'avoir parcouru toutes ses traces.

Aujourd'hui, comme avant-hier, Yûsef n'a plus de compte à rendre. Najib est encore absent. Peut-être ne s'est-il pas encore réveillé. Mais la porte laissée ouverte depuis deux jours est suspecte.

Est-il parti, lui aussi? Lui qui, comme Lâla Bhâri, ne voulait jamais quitter le pays, envoyant toute sa famille au Tadjikistan. Il disait que c'était ici, à Kaboul, qu'il atteindrait son ultime pas. En exil, il perdrait ses traces; la mort serait un hasard; son âme errerait sans répit à la recherche des empreintes de son corps. Il disait aussi que c'était sur cette terre-là que même les grands conquérants étaient venus cueillir la dernière étape de leurs conquêtes.

« Pourvu que Najib ne trouve pas la sienne », espère-t-il, hélant « Najibe *âgha* ». Sa voix résonne dans le vide, fige seulement les poules qui cessent de picoter, se perd dans la sécheresse du jardin, sans réponse. Les Talibans seront venus chercher Najib, et l'auront amené sous les coups de fouet à la mosquée, où il est en train de faire sa prière. Lui, la prière?! Yûsef ricane dans sa barbe, il a dû mal à imaginer Najib s'adonner au *namâz* derrière le mullah avec qui il eut maintes fois des discussions véhémentes.

Vers l'entrée, son regard perce les vitres et les coins sombres de la maison à la recherche de la silhouette élancée de Najib. Aucune ombre. Aucun signe. Il fonce dans la cuisine, et là non plus, aucune présence. Il appelle encore une fois, plus fort, « Najibe *âgha*! ». Peine perdue. Il ouvre le couvercle d'une jatte, elle est encore pleine, mais gelée. Aucune goutte d'eau n'a été consommée depuis avant-hier. Sur la table de la cuisine, il retrouve les miettes de pain, l'assiette de riz à peine entamée, la tasse vide, les cuillères et les fourchettes sales – telles qu'elles étaient il y a deux jours –, la théière toujours à moitié pleine de thé vert, gelé aussi. Elles ont toutes l'air d'avoir servi Najib avant d'être abandonnées à la hâte. Toutes semblent délaissées, tristes, regrettant l'absence du maître. Cet état des choses l'inquiète ; ces choses sans âme qui lui parlent de leur abandon, de leur attente, de leur lassitude, il les sent au fond de lui. Cette solitude des choses reflète l'état de Shirine, qu'il ne peut ni décrire ni nommer. Elle est lasse, Shirine. Lasse d'être délaissée, et d'attendre.

Cette tristesse et cette solitude qui emplissent l'absence de Najib s'emparent de Yûsef également. « Qu'Allah le protège où qu'il soit », lance-t-il. Il aime cet homme; d'ailleurs c'est lui qui avait aidé son frère Soleyman à devenir chauffeur de son père et ensuite conducteur de bus, contrairement à ce dont rêvait le père de Yûsef.

À toujours rouler derrière un volant, Soleyman n'avait pas dû retrouver beaucoup de traces sur terre. Il devait donc être encore en vie, errant dans les contrées dont il ne reconnaissait pas le sol. Il n'a qu'à revenir. Recueillir ses traces ici, là où il est né. Retrouver sa femme qui l'attend. Et libérer Yûsef qui n'aime guère se morfondre dans l'attente de son frère. Pendant de nombreuses années, il n'a ni attendu quelqu'un ni été attendu. Il avait le sentiment d'être sans attaches, sans contraintes. Il était libre. Mais le voilà, un homme attendu par tous les habitants du quartier et par Shirine. C'est un homme ligoté de partout – attaché à son outre et à la mèche de sa belle-sœur.

Dans un état aussi triste que la cuisine, il ne sait pas quoi faire de l'eau qu'il a apportée à Najib, pour laquelle il a été payé à l'avance. En sortant dans la cour, il a pitié de voir les deux poules décharnées qui l'attendent devant la porte. Il pose son outre et sa canne dans un coin, retourne dans la cuisine pour prendre l'assiette de riz ainsi que les morceaux de pain, et un bol dans lequel il verse un peu d'eau de son outre. Les poules se jettent dessus comme des bêtes sauvages.

Puis il referme toutes les portes de la maison. L'outre au dos, canne à la main, il reprend sa route, tête basse, regard perdu au sol, évitant de chercher la trace de ses pas.

## 11

« Ne traverse pas la vallée de l'amour sans avoir un cœur de lion », c'est l'avertissement d'un chant d'amour afghan.

Ta vallée de l'amour à toi, c'est cette chaussée que tu parcours. Telle que tu l'aimes, ou plutôt telle que tu l'aimais, plate, directe, sans imprévu, sans érosion, sans replis, sans détour. Pas un canyon. Pas même un vallon. Mais une autoroute, que tu parcours depuis trois ans ; au début une fois, puis deux, et, ces derniers temps, trois fois par semaine. Cette *vallée*, tu l'as jalonnée de tes propres repères. Tu en connais tous les coins et recoins, toutes les stations-service, tous les restaurants, tous les menus. Et même certains camionneurs. Considérant tes notes d'hôtel et de restaurant, il aurait été plus avantageux pour la société Anagramme, et moins fatigant pour toi, de t'installer à Amsterdam. Mais tu as toujours refusé. « Non, merci, la famille ne veut pas. » Foutaises ! C'était ton choix. Tu aimais partir seul, autrement dit en célibataire, faire de nouvelles connaissances, passer la nuit avec les filles dans le Quartier rouge. De temps à autre, prendre une auto-stoppeuse, comme un routier. Sans gêne. Sans souci. Tu ne t'attendais pas à ce qu'un jour sur cette voie tranquille et évidente tu tombes sur une pancarte t'indiquant la déviation vers une vie *jamais vécue*. C'était dans cette *vallée plate*, à l'une des entrées de l'autoroute du Nord, que tu as lu « Amsterdam SVP !!! », écrit en rouge sur un carton qu'agitait la silhouette fine de la jeune Nuria.

Ce jour-là, grève générale en France. Pas de trains, pas d'avions. Venue à Paris pour le week-end, Nuria devait absolument rentrer chez elle. Sans hésitation aucune, tu l'as embarquée. D'une jeunesse pleine de grâce, elle a pris place à l'arrière de la voiture, disant que c'était pour éviter que vous ayez tous les deux un torticolis. En fait, c'était pour s'allonger. Déstabilisé par son aisance et son audace, tu es resté longtemps silencieux, la regardant sans cesse dans le rétroviseur. Et soudain, la paramnésie. Tu revivais la situation, tu reconnaissais cette jeune fille brune à qui tu demandais pourquoi elle avait écrit Amsterdam avec trois points d'exclamation. Et elle te répondait dans un français impeccable, et désirable, avec son accent néerlandais : « Pour qu'on me voie et m'entende.

– Ce n'était pas nécessaire, lui avais-tu dit, je vous aurais prise, même sans exclamation. » Elle avait ri, avant de retomber dans le silence.

Tu n'avais pas caché ton ambition de la séduire ; au contraire. Les jeux étaient faits, cartes sur table. À prendre ou à laisser.

Oui, de tout ça, tu avais l'impression de t'en souvenir ; comme si tu revivais la situation. Tu existais une deuxième fois, dans le présent d'un passé inconnu. Ton souvenir, c'était ton présent vécu. Tu ne pouvais donc rien prédire. Tu te souvenais lui avoir demandé encore une fois d'où elle venait. Elle t'avait répondu qu'elle était d'origine catalane.

Tu t'étais étonné d'entendre une Catalane sans accent catalan. Elle s'était justifiée en te racontant son enfance. « Toute petite, ma mère m'a abandonnée à Amsterdam, j'étais une enfant illégitime », t'avait-elle dit sans complexe, sans tristesse. C'était toi qui avais sombré dans une sorte de trouble, t'incitant à vouloir la connaître davantage.

Tu désirais savoir ce qu'elle faisait dans la vie. « Étudiante à l'école des beaux-arts d'Amsterdam, actuellement stagiaire en restauration des œuvres d'art au musée Rembrandt.

– Impressionnant! Jeune, passionnée et déjà chirurgienne esthétique des maîtres », avais-tu ajouté comme plaisanterie. Elle avait souri, rectifiant en « aide-soignante des maîtres esthètes, s'il vous plaît! ». Elle avait été brève dans sa présentation, volatile et insaisissable.

« À vous! » t'avait-elle demandé, en se penchant vers l'avant, les bras autour du siège passager. Tu avais repris ton air sérieux comme pour te présenter à un futur client : « Technico-commercial pour une société de distribution de machines de sérigraphie textile.

– Et que faites-vous à Amsterdam?

– Ma connaissance des langues, l'allemand et l'anglais, m'a permis de m'occuper des clients dans les pays flamands.

– Vous en avez beaucoup?

– Des clients? Trois aux Pays-Bas et quatre en Belgique et en Allemagne. Je négocie aussi pour acquérir auprès des musées les droits de reproduction des tableaux.

– C'est donc vous le responsable de la vulgarisation des grandes œuvres.

– Je dirais, la démocratisation des œuvres.

– Oui, bien sûr, sur les boîtes de chocolats, sur les pots de yaourt et en les défigurant.

– En les défigurant?! Jamais. Nos machines reproduisent exactement.

– Exactement d'une manière infidèle. On ne reconnaît plus ni les couleurs exactes ni les taches et les traits des grands maîtres. L'œuvre originale n'existe plus.» Elle t'offrait ainsi l'occasion d'exposer tes convictions sur le sujet. « De toute manière les peintres aussi reproduisent le monde.

– Mais tel qu'ils le voient! Peu importe. Êtes-vous croyant?» Une question simple pour te dire que le fond de ta pensée était religieux. Tu avais répondu « non ». Elle s'était tue, te laissant pour-suivre avec passion.

Après quelques kilomètres de discours, elle t'avait demandé d'où tu venais. Comme toujours, tu déclinais d'abord ton identité de Français, sachant que ton léger accent te trahirait à coup sûr, et en particulier quand tu voulais perdre l'autre au jeu des devinettes, en appuyant davantage sur tes cordes vocales. Celle ou celui qui ne trouvait pas tes origines devait t'offrir un verre. Mais Nuria, sans hésitation aucune, t'avait affirmé de but en blanc : « Afghan! » Abasourdi, tu avais presque lâché les

pédales et transmis à la voiture ta secousse intérieure, manquant de peu de projeter la fille sur le
siège avant et contre le pare-brise.

Avec un malin sourire au coin des lèvres qui
creusait une délicieuse fossette sur sa joue, elle t'avait
dit que c'était une plaisanterie, dans l'intention de
perdre absolument au jeu. Mais toi, au lieu d'insister
sur cette volonté de perdre, un dessein bien intrigant
et malicieux, tu avais demandé : « Pourquoi afghan ?
Pourquoi pas chinois ? Ou africain ? ou...

– Je ne voulais pas me foutre de vous, quand
même. »

Tu avais insisté. Mais elle avait coupé court :
« C'était seulement par fantaisie. » Une pause : « Ou
par fantasme. »

À toi donc de l'inviter, mais pas pour un café
sur l'autoroute. Puisqu'elle avait deviné du premier coup, elle méritait un bon verre de vin, dans
un bel endroit que tu connaissais à Amsterdam, le
*Bord d'eau.* Nuria avait éclaté de rire, parce qu'elle
y avait travaillé quelque temps auparavant, pendant
ses vacances ; puis elle avait sombré aussitôt dans
un long silence chargé – un silence d'une cinquantaine de kilomètres. Pendant tout ce temps tu avais
réfléchi afin de comprendre par quel mystère la
jeune fille avait si vite découvert tes origines. Ton

visage? Mais comment pourrait-elle reconnaître une tête afghane? D'ailleurs à quoi ressemble un Afghan? « En effet, à tout le monde, dit-elle.

— Dans ce foutu pays il y a des visages mongols, indiens, grecs, turcs...

— Et vous, avec votre profil rectiligne, vos mâchoires joliment larges, vos naseaux gracieusement ouverts, vos cheveux châtains clairsemés et soyeux, vos yeux en amande, vifs, couleur de miel ambré, vous ressemblez plus à un Breton qu'à un Afghan...

— Qui se doit d'avoir l'air d'un Taliban, brun, barbu, les yeux dessinés au khôl, le regard perçant. C'est ça?

— Exactement.

— Quelle description précise!

— J'ai beaucoup étudié les visages pour en faire des portraits. »

Tu l'observais à la dérobée, dans l'espoir de saisir un signe, un geste qui pourrait la trahir. Puis tu avais laissé ton regard balayer l'intérieur de la voiture à la recherche du moindre indice qui révélerait immédiatement tes origines. Rien. Sauf ton accent. Sans doute. Et ta rhétorique à l'afghane.

Dans ce cas, elle devait connaître ta langue, ta culture, tes compatriotes. « Connaissez-vous d'autres Afghans?

– Non. Mais je les ai beaucoup vus et entendus. »

Plus de doute. Tu vivais certainement quelque chose de déjà vécu. Voilà pourquoi elle devinait sans peine tes origines. Vous vous étiez rencontrés, vous vous étiez connus bien avant ce jour-là. Sur la même autoroute, dans les mêmes circonstances. Nulle part ailleurs. Pas dans un des restaurants d'Amsterdam ni derrière une vitrine rouge. Tu en étais sûr.

Mais pourquoi ne se souvenait-elle pas comme toi de cette rencontre ? Encore un soupçon.

Pour te rassurer tu lui avais demandé si vous ne vous étiez pas rencontrés avant. Elle t'avait regardé mystérieusement, et, en haussant ses sourcils, avait fait non, suivi d'un sourire comme pour se moquer de ton numéro de charme…

Et toi, revenant à la charge : « Connaissez-vous l'Afghanistan ?

– Pas encore ; mais à cause de mon engagement auprès des jeunes filles opprimées, je m'intéresse beaucoup aux conditions des femmes afghanes », avait-elle dit, très curieuse de savoir ce que tu pensais des Talibans. Une question habituelle pour un Afghan, à laquelle tu donnais ta réponse habituelle : « C'est une histoire de pipeline qui doit traverser tout le pays pour acheminer le pétrole de l'Asie centrale au Pakistan. Donc encore un jeu des États-Unis et leurs alliés.

– Bien sûr, cette réponse je l'entends souvent. Cet enjeu économique est le même partout dans le monde. Mais encore ?

– Encore quoi ?

– Est-ce que vous, les Afghans, vous n'êtes pas aussi responsables de votre sort ? Pourquoi chercher toujours des causes géopolitiques et des enjeux internationaux pour justifier les misères et les malheurs d'un peuple, sans remettre en question ses failles, sa naïveté, ses hantises ! »

Tu avais essayé de raisonner comme tous les Afghans : « Il ne faut pas oublier que l'arrivée de ces Talibans au pouvoir est la conséquence de la guerre civile dans le pays, mais aussi celle de la guerre désastreuse contre les Soviétiques...

– Mais encore ?

– Mais encore quoi ? »

Elle ne cessait de te demander : « Mais encore ? Mais encore ? », ce qui avait fini par t'énerver. Où voulait-elle en venir ? Qu'espérait-elle entendre ? Alors tu avais dit : « Cela fait un certain temps que j'ai coupé les ponts avec ma terre natale. J'ai construit ma vie en exil, en France. Mais toute ma famille vit en Allemagne...

– Donc ? »

Encore agacé par ses questions courtes et insolentes, tu avais fini par dire : « Je veux vivre heureux et libre. J'ai passé plus d'années en dehors de mon pays que dedans. Je me sens plus français qu'afghan, et...

– Je comprends, je comprends », répétait-elle en appuyant sur le « Je », d'une manière troublante, comme si Rina était là, à tes côtés. Ton regard méfiant s'était posé un bon moment sur elle, oubliant que tu conduisais, encore tout secoué par cette fille déjà vue et qui pourtant restait encore inconnue.

Son sourire malin au coin des lèvres, elle t'avait conseillé, sans se tourner vers toi, de regarder la route devant toi, pas elle. Puis le silence. Elle voulait dormir, et t'avait laissé retourner à tes songes du monde déjà vécu.

## 12

« Les femmes vertueuses sont obéissantes, et protègent ce qui doit être protégé, pendant l'absence de leurs époux, avec la protection d'Allah », dit un verset du Coran que le mullah ne cesse de répéter. « Mais que protège Shirine ? Qu'est-ce que Soleyman a pu lui laisser ? De l'argent ? Des bijoux ? » se demande Yûsef en fouillant dans sa mémoire les affaires de Shirine pour trouver quelque chose à protéger. Rien. Ainsi reste-t-il un long moment à réfléchir avant de frapper à la porte d'une grande maison, dont les hauts murs ne laissent pénétrer aucun regard. C'est la demeure du mullah. La porte est toujours bien fermée. Si lui ou son fils est absent, même son frère n'a pas le droit d'entrer. Personne ne connaît sa nouvelle femme, épousée très discrètement il y a à peine six mois. Il a attendu un an avant de se marier avec elle. Un an après le décès de sa première femme. Celle-là doit être belle et jeune. Est-ce pour cela qu'il la cache ? Ou parce qu'elle doit veiller sur ce que le mullah laisse à la maison.

Personne ne vient ouvrir à Yûsef le portillon. Ses coups à la porte, comme ses questionnements, restent sans réponse. Il reprend alors le chemin de la quatrième maison, celle du soufi Hafiz, un poète qui s'était tu dès l'arrivée des Moudjahidines. Soudainement sans voix. Sa femme dit qu'il est atteint d'aphasie. C'est faux. Elle cache la vérité. Yûsef le sait. Il entend le soufi réciter de temps en temps des poèmes dans sa barbe. Mais jamais devant les autres. Il leur répond par des poèmes écrits. Ainsi personne ne vient l'embêter. Surtout les Talibans qui ne peuvent ni le lire ni le comprendre. Il est rusé, le soufi Hafiz, mais bienveillant, surtout à l'égard de Yûsef et de Shirine qui vient de temps à autre laver leur linge.

Avant son silence, il appelait le porteur d'eau d'un nom étrange, Sisyphe, et non pas Yûsef. Il lui demandait quel péché il avait commis pour qu'Allah le condamne à remplir et vider son outre d'eau éternellement au flanc de la montagne de *Kafir Koh*.

Yûsef, qui ne comprenait rien à l'histoire de son surnom, hochait la tête et répliquait ne pas avoir de péché! Le soufi riait, parce que c'était lui-même qui avait soufflé cette réponse à Yûsef.

Devant la porte de sa maison, ses petits enfants s'ébattent, et dès qu'ils aperçoivent la silhouette tordue du porteur d'eau, ils crient, eux aussi : « *Bâbâ* Sisyphe! *Bâbâ* Sisyphe!... » Et lui rectifie : « Non. YÛSEF! YÛSEF!... » Pour rien. Il entre dans la maison, cherche du regard l'ombre du soufi Hafiz. Il est au fond du couloir et s'approche de lui à pas feutrés. Il fait signe à Yûsef de le suivre dans la cuisine, où, dans le vrombissement du générateur d'électricité, sa voix perdue s'élève, demandant pourquoi Shirine ne vient plus. « Est-elle malade? » Yûsef, feignant d'être surpris, fait « oui » en versant l'eau dans les cruches. Hafiz lui tend de l'argent pour amener Shirine chez le docteur. Mais Yûsef, mal à l'aise, remercie et refuse. Observant son état étrange, le soufi Hafiz l'invite à prendre un verre de thé vert dans son bureau. Yûsef, fatigué, le ventre vide, s'incline. Mais au fond de lui, il aimerait lui parler. Parler de Shirine. De son état, de son dégoût de tout, de son silence diurne et de son vacarme nocturne.

Après avoir entendu le porteur d'eau, le soufi Hafiz garde un long silence, puis entre deux lapements, il dit qu'il peut la comprendre, lui-même ne veut plus voir les autres ni leur parler.

« Shirine doit connaître le secret de la fuite de Soleyman », pense Yûsef, avant de demander au soufi Hafiz que signifie ce verset du Coran avec lequel le mullah leur rebat les oreilles.

« C'est dans la sourate 4, verset 34 », répond le soufi d'une voix sage. Il trempe un morceau de sucre dans son thé avant de le mettre sur la langue. Après une gorgée de thé, il psalmodie d'abord le verset en arabe, puis le traduit en persan : « Les hommes ont autorité sur les femmes, en raison des faveurs qu'Allah accorde à ceux-là sur celles-ci, et aussi à cause des dépenses qu'ils font de leurs biens. Les femmes vertueuses sont obéissantes, et protègent ce qui doit être protégé, pendant l'absence de leurs époux, avec la protection d'Allah. Quant à celles dont vous craignez la désobéissance, exhortez-les, éloignez-vous d'elles dans leurs lits et frappez-les. Si elles arrivent à vous obéir, alors ne cherchez plus de voie contre elles, car Allah est certes Haut et Grand ! » Le porteur d'eau reste coi, le regard perdu dans la barbe blanche du soufi Hafiz qui poursuit : « En effet, c'est un verset très controversé. Il permet à certaines personnes comme le mullah de justifier leur comportement vis-à-vis de leurs épouses.

Oublie tout, retiens seulement cette phrase "Les femmes [...] protègent ce qui doit être protégé", que l'on peut traduire correctement et interpréter autrement : *Les femmes sont gardiennes de ce qui est caché.* Et ce qui est caché n'est pas le trésor de son mari. Absolument pas ! La femme cache le secret de la Création, la Vérité divine et humaine, comme *bibi* Maryam. Tu comprends ? » Yûsef ne répond pas. Non seulement parce qu'il ne saisit rien de ce que tente de lui révéler le soufi, mais il est ailleurs, auprès de Shirine. Elle n'a rien de Soleyman ni de lui à protéger. Ce qu'elle protège et cache, ce n'est autre chose que son propre secret. Ni celui de son mari ni celui de la Création. Elle est libre de tout ça. C'est pour cela qu'Allah ne la protège ni contre Dawood ni contre les Talibans.

« Mais en réalité, chaque être humain, homme ou femme, chaque animal, chaque goutte d'eau, cache le secret de la création », continue le soufi Hafiz, en versant du thé dans la tasse à moitié pleine de Yûsef, une manière de le ramener auprès de lui. « Toi aussi, *bâbâ* Sisyphe, tu es porteur de secret. Ton outre en est pleine ! » Et il rit. « Mais quoi comme secret ? » demande Yûsef, perdu dans la pensée du soufi. « Si je savais, rétorque Hafiz, je ne serais pas là. » Une lampée de thé. « Certains te diront que tu le connaîtras après la mort ; d'autres te demanderont de le chercher au tréfonds de toi-même. Un grand penseur des pays du Couchant te racontera l'histoire d'un homme qui crie partout posséder un grand secret en lui qu'il ne dévoilera qu'à la fin de sa vie. Mais il meurt accidentellement sans pouvoir le dire. En fait, son grand secret était qu'il n'en avait aucun ! » Une pause, un regard, puis une morale : « En effet, notre grand secret se cache dans ce Rien. » Encore du silence pour que les mots trouvent leur place dans l'esprit de Yûsef.

« Qu'importe ce secret », conclut-il, et après un profond souffle, il prend la main de Yûsef pour lui dire : « Bon, assez de pensées ! Revenons à Shirine, qu'est-ce qu'elle a ? » La question secoue Yûsef. Confus, il balbutie : « Shirine ?... Je... Je ne sais pas. » Son regard se perd dans les motifs labyrinthiques du tapis. « C'est un mystère pour moi ce qu'elle a, ce qu'elle cache.

– Elle a probablement quelque chose qu'elle ne peut nommer, exprimer. Tu sais, c'est aussi le fondement du secret, l'innommable. C'est pourquoi tout ce que nous ne pouvons nommer, nous le considérons comme secret et sacré, nous sommes prêts à tout lui sacrifier. D'où la violence qui ravage cette terre des ignorants. » Ces mots frappent directement

le cœur de Yûsef. Il comprend peu à peu maintenant la rage qu'il éprouve à l'égard de sa belle-sœur.
Mais il ne dit rien au soufi Hafiz, il le laisse pour-
suivre. « Amène Shirine ici, ma femme et moi lui
parlerons. Ne t'inquiète pas. » Yûsef hoche la tête en
guise d'acquiescement, et se lève pour partir. Alors
que le soufi Hafiz l'accompagne dans le couloir, il
l'arrête pour lui demander : « Maintenant que tu
connais mon secret, tu dois le garder au fond de toi.

– Ton secret ?... Lequel ?

– Ma voix. »

Yûsef sourit en mettant la main sur le cœur.
« Vous avez ma parole.

– Et n'oublie pas une chose : si quelqu'un te
confie son secret, c'est pour te posséder ! » dit Hafiz
avec un rire presque diabolique. Yûsef quitte la maison, hanté par la voix du soufi.

En descendant vers la source, il se demande si
ce n'est pas lui, le soufi Hafiz, qui possède les rêves
de Shirine.

## 13

Tu as faim.

Et tu ne vas pas encore manger sur l'autoroute ; assez de leurs casse-croûte dégueulasses. Attendre un peu, deux heures ou moins, pour arriver à Amsterdam, chercher Nuria, l'emmener dans l'endroit le plus élégant de la ville. Il faut fêter l'événement.

Au Garlic King. Elle aime ce restaurant, pour le parfum de sa cuisine, dont la particularité est d'utiliser de l'ail, y compris dans les cocktails et jusque dans les desserts. Elle dit que ça sent comme chez son grand-père, en Catalogne, où elle a vécu jusqu'à ses seize ans. Ça sent le petit déjeuner que son grand-père entamait avec une gousse d'ail enrobée de miel, en disant que c'était grâce à ce caïeu qu'il avait pu atteindre son quatre-vingt-dixième printemps. Il en portait toujours une gousse dans sa poche. « Il en prenait, ajoutait-elle, parce qu'il avait sans doute entendu dire que c'était aphrodisiaque. » Cette anecdote te poursuit. La senteur de l'ail ne te quitte plus. Tu te souviens de chaque mot de cette histoire que Nuria avait murmurée le soir où, après avoir dîné dans ce restaurant, vous vous étiez retrouvés au lit, dans ta chambre d'hôtel. Alors que tu glosais sur le parfum et l'exil, elle s'est déshabillée ; et, *lotch-é siir*, comme le dit ta langue maternelle pour apparaître « nue comme ail », et *shirine mesl-é assal*, « suave comme miel », debout devant toi. Puis elle t'a offert son dos pour que tu caresses les creux au-dessus de ses hanches. Assis au bord de lit, tu l'as d'abord contemplée longuement avant de caresser ses fossettes de tes mains puis avec ta langue. Elle t'a demandé : « Comment on dit l'ail en persan ?

- *Siir*, as-tu prononcé.

– *Cyr* ? Comme Cyrus, le roi perse ? Quel mot majestueux ! » s'est-elle exclamée.

Elle a exigé alors que tu trouves une belle chanson ou un beau poème en persan avec ce mot.

Du lyrisme persan, tu avais tout oublié. Incapable de lui en citer un immédiatement. En baisant chaque partie de son corps, tu chantais des obscénités, et elle, sans les comprendre, répétait :

*Az dahânat mitchasham roghané siir,*
*Az sinahâyat, koctélé siir,*
*Az kossat, firnié siir.*

Elle avait éclaté de rire, et t'avait demandé la
traduction. Pris au piège, tu avais répondu que ce
serait trop compliqué, parce que dans ta langue *siir*
est un mot à plusieurs sens et que le poète jouait
avec cette ambiguïté sémantique, que c'était trop
lyrique et romantique, avec des symboles impos-
sibles à traduire. « Ça ne fait rien, Tom ! Je préfère la version persane », qu'elle voulait réentendre.
Tout recommencer. À chaque baiser sur son corps,
un mot en persan. Mais soudain, l'histoire de son
grand-père, son ail au petit déjeuner, et elle qui
avait grandi en Catalogne jusqu'à l'âge de seize
ans, ont empêché la conquête de Cyr. Non parce
que l'histoire de Nuria te fait penser à la tienne
– toi aussi tu as été élevé par ton aïeul maternel
qui, après la mort de son gendre, est venu s'installer
chez vous ; mais parce que la version qu'elle donnait
de sa vie était souvent émaillée de contradictions,
d'incongruités. Tu te demandais pourquoi, alors,
elle t'avait dit au premier jour de votre rencontre,
dans ta voiture, qu'elle avait grandi aux Pays-Bas.
T'avait-elle menti ? Pour quelle raison ? Qu'est-ce

qu'elle te cachait ? Elle t'est apparue de plus en plus mystérieuse, maligne, insaisissable. Mais tu ne lui as rien dit.

Et rien ne s'est passé, ce soir-là.

L'odeur de l'ail, celle d'une vie incohérente, t'a écœuré. Tu embrassais ses parties intimes, et avant que tu ne puisses te dégager du lit, tu as vomi. Ainsi as-tu détruit en elle toutes les illusions de son grand-père, et l'image qu'elle se construisait de toi, un Cyr montagnard.

Depuis, tu as eu beau essayer de retourner à ce restaurant pour te rattraper – reconstituer l'image du roi Cyrus, rétablir le talisman de son grand-père et surtout percer le mystère de son passé mouvant –, à chaque fois revenait cette odeur d'ail qui t'empêchait de le lui proposer. Mais cette fois, c'est bon, tu raconteras tout à Nuria, tout ce que tu lui as caché de ta vie conjugale, tous les sentiments complexes que tu as eus depuis que tu l'as rencontrée, toutes tes contradictions, tous tes mensonges... De même, elle doit te raconter son passé obscur. « L'ail sera un révélateur », lui diras-tu.

Sur une aire de stationnement, à deux heures de route d'Amsterdam, tu appelles le musée. « Normalement, Nuria sera là dans une heure », te dit

119

l'accueil. Tu détestes l'adverbe « normalement », un mauvais présage, qui signifie pour toi, au contraire, que quelque chose d'anormal est à craindre. L'impression de déjà-vu a disparu. Tu reprends la route. Sous la pluie, toujours.

Tu n'as pas encore roulé plus de quelques kilomètres que ton téléphone sonne ; tu te gares. C'est ton frère, Samim. Il t'appelle d'Allemagne pour prendre de tes nouvelles, savoir si tout va bien.

« Oui, tout va bien.

– Rina m'a téléphoné ce matin. Elle est soucieuse. Elle pense que tu as un problème au travail et que tu le lui caches. »

Tu rassures ton frère : « Non, ce n'est pas le travail, c'est une autre histoire…

– Encore ? » Ton frère, te connaissant, s'inquiète ; tu lui dis que tu l'appelleras dès que tu seras arrivé à Amsterdam. On raccroche, et tu restes à l'arrêt quelques instants, las, t'interrogeant sur ce que te dira ton frère. Sans doute Samim te demandera-t-il d'appeler Rina, d'être transparent avec elle, de décider de votre vie une fois pour toutes, etc.

Tu repars, accélérant plus fort.

Tu aurais dû en finir avec Rina il y a des mois. Mais à chaque fois, le même scénario. Chez toi, tu décidais de tout laisser et de partir; mais une fois arrivé à Amsterdam, tu repensais à Rina, à Lola, et à ta mère qui aimait tant sa bru. Tu rentrais dans ta banlieue parisienne, comme si tu retournais à ta terre natale. Mais une fois chez toi, tu te sentais à nouveau étranger, étranger dans ton appartement, dans ton quotidien, dans ton bureau. Sans doute à cause de cette incertitude, dont tu avais peur, tu es devenu, malgré toi, paramnésique, pour conjurer la peur de l'étranger, de l'inconnu, de l'inquiétant. Au risque de vivre dans l'étrangeté.

À quarante-cinq ans, tu es toujours en errance. Un exilé errant, un technico-commercial, un commis voyageur, un amant fugitif, un mari en cavale, un père absent.

Les voitures s'arrêtent soudain, warnings allumés. Un accident. Une ancienne MG 1100, grise, une pièce de collection, a raté le virage verglacé. Les pompiers sortent le conducteur de son véhicule projeté dans les champs, au bord de l'autoroute, écrasé contre un arbre.

Rien ne bouge.
Dehors il pleut, encore et toujours.

Profitant de cette immobilité, tu appelles Rina. Une envie soudaine de lui dire que tu ne rentreras plus à la maison, que demain elle recevra ta lettre dans laquelle tu lui expliques tout. Elle a une voix tourmentée, qui t'interdit de lui parler de ta décision. Tu dis alors : « Ne t'inquiète pas, j'arriverai sain et sauf...

– Non, je ne m'inquiète pas pour la route, je sais que tu conduis toujours prudemment. Tu aimes trop ta vie *déjà vécue.* Il y a autre chose...

– Quoi ?

– Je ne sais pas. »

Si, elle le sait, mais elle ne te le dit pas. Et elle sait aussi que tu le sais. Elle te laisse donc le lui dire. C'est toujours ainsi, elle préfère que ça vienne de toi, comme toutes les autres choses de votre vie quotidienne, même si dans le fond c'est elle qui décide, c'est elle qui souhaite. « Autre chose ? mais quoi ? » Tu insistes. En vain.

Puis tu te reprends, elle s'ennuie sûrement... Mais l'ennui, elle l'aime, comme le silence. Elle dit qu'elle n'a pas bien dormi : « J'ai encore vu le fantôme de mon père.

– Ah ! Tu as encore rêvé de lui ?

– Rêver ? Je ne sais pas. Le fantôme était présent, très présent, dans notre chambre, tout près de moi. Je sentais son souffle, doux et chaleureux comme le zéphyr.

— Mais Rina, un fantôme, d'après ce qu'on dit, n'a pas de chaleur ; au contraire, il dégage une brise froide. Et dans les rêves tout fait l'effet d'être réel et faux à la fois ! »

Elle sait. Elle se tait. Sans se résigner pourtant à te croire. Un long silence s'installe à nouveau. « Allô ? Tu m'entends ?

— Oui, je suis là. » Puis elle s'interroge à haute voix : « Pourquoi ce fantôme dans le rêve ? Pourquoi pas lui-même, mon père ? Ce n'était donc pas un rêve, j'étais presque éveillée quand je l'ai vu. Juste avant ton départ.

— Tu étais réveillée quand je suis parti ?

— Peut-être. Peu importe. Mon père était là, au pied de notre lit, me demandant de partir pour la Californie, auprès de ma sœur qui est... » Du silence, à nouveau. Tu l'entends pleurer. Entre deux sanglots, un mot : « Mon père disait que ma sœur était enceinte.

— Et alors ?

— Mais enceinte de... de toi.

— De qui ?!

— De toi, Tom ! »

Elle sanglote ; tu t'obstines :

123

« Mais ce n'est qu'un rêve! Même lorsqu'il était vivant, ton père était dément, il délirait! » Rien à faire, elle croit au fantôme de son père. Elle raccroche. Tu restes muet, le téléphone dans la main. Ta belle-sœur enceinte de toi! Cette histoire, l'a-t-elle vraiment rêvée? Ou l'a-t-elle inventée?

Les voitures klaxonnent. C'est toi qui bloques la route, maintenant dégagée. Tu avances doucement, puis, après quelques kilomètres, à vitesse normale. Le fantôme de ton beau-père te poursuit.

# 14

Suivi par le chien maintenant bien désaltéré, Yûsef reprend la rue qui l'amène à la maison, à Shirine. Sur le chemin, il aperçoit Dawood, courant vers la mosquée. Qu'il y aille, qu'il y reste, qu'il y meure ! Yûsef ne veut plus de lui à la maison. Son regard, ses mots à l'intention de Shirine l'irritent. Il n'a plus confiance en lui. Un homme comme lui, qui a deux femmes, a forcément tendance à en convoiter d'autres. Il en veut trois, quatre, sept, voire neuf comme le Prophète ! Personne ne sait pourquoi il reste à Kaboul, auprès de sa vieille Nafasgol, alors qu'il a installé sa jeune femme et leurs deux enfants à l'étranger. Sans doute pour surveiller ses biens. Dawood se méfie de Nafasgol avec qui il s'engueule sans cesse. La vieille n'est pas du genre à protéger ce qui doit être protégé en l'absence de son époux, parce qu'elle lui en veut d'avoir épousé une autre femme ; pas par jalousie, non, plutôt pour des questions d'héritage, de devoir partager la fortune de ses beaux-parents avec une autre famille, partie ailleurs, loin du feu et du sang, loin de cette ville engourdie. Pourquoi ce serait à elle de vivre dans le malheur et de veiller sur une fortune qui ne lui appartient pas en entier ? Et à l'autre d'en profiter et de vivre dans le confort de l'exil ? Que Nafasgol chasse cet homme ! Qu'elle le renvoie auprès de sa « jeune pétasse », comme elle l'appelle, aux côtés de ses camarades de l'ancien régime – tous exilés dans le même pays. Sinon, quelqu'un va le dénoncer un jour aux Talibans ; et lui, Yûsef, en premier. Les Talibans ne connaissent pas la vraie personnalité de ce mécréant communiste, ils ne savent pas que ses mains sont pleines du sang des musulmans ; qu'il était proche de l'ex-président, celui que les Talibans, dès leur arrivée au pouvoir, exécutèrent et dont ils laissèrent le corps pendu à un réverbère, exposé au public. Et pire, il boit toujours de l'alcool, écoute de la musique, regarde des films indiens en cachette dans sa cave. S'il vient à la mosquée, ce n'est que pour masquer son vrai visage. Yûsef est sûr que ce renégat ne se livre même pas aux ablutions avant de faire la prière. Oui, lui, le porteur d'eau, connaît tout de lui, comme il connaît tous les secrets de tous ces foyers accrochés au flanc de *Kafir Koh*. Mais il ne les trahit pas. Jamais! En revanche, Dawood, il aimerait bien s'en débarrasser; même s'il a du mal à oublier les largesses qu'il doit à cet homme qui l'aide, le recommande aux autres, lui donne de l'argent, des médicaments, des vêtements. Mais tous ces bienfaits paraissent soudain faux, suspects, aux yeux de Yûsef. Sa générosité n'est là que pour acheter son silence; s'il le recommande aux autres, s'il l'envoie quelque part, c'est pour l'éloigner de Shirine, afin de la retrouver chez lui, seule. Oui, Yûsef connaît maintenant toutes les manigances de cet homme. Il n'est plus dupe.

Ses doutes ont surgi le jour où Shirine, en sortant du hammam de Nafasgol, cheveux mouillés, lui a demandé pourquoi il l'épiait à travers la fente du rideau. Il n'a pas démenti, il n'a pensé qu'à Dawood. Il s'est redressé, soudain tout feu tout flamme. Oui, c'était à coup sûr ce que faisait Dawood aussi, ce mécréant! Et sans rien dire de ses soupçons, Yûsef entra dans une rage folle contre Shirine. Pourquoi se lavait-elle chez eux? Pourquoi n'allait-elle pas au hammam public pour les femmes? C'était forcément ce qu'elle voulait, elle, être matée par lui.

Il la mit à la porte.

Dehors, Shirine ne savait où aller. Elle s'était assise devant la porte et pleurait. Lâla Bahâri, qui passait devant la maison, la sauva. Il vint voir Yûsef, enfermé, en larmes. Lui en larmes, personne n'avait jamais vu ça, même pas au décès de sa mère ni aux obsèques de son père. Quelle chose si soudaine, si étrange et si néfaste le précipitait dans cet état? La folie? Certes. Shirine le rendait fou, pensait-il sans se rendre compte qu'il l'était déjà. Oui, il fallait être fou pour vivre avec sa belle-sœur et s'y attacher.

Fou aussi d'avoir l'idée de s'en débarrasser.

Retiré dans un coin, plié en deux, il ne voulait plus voir personne. Mais Lâla Bahâri insista, frappa à sa porte encore et encore. Yûsef finit par lui ouvrir. Shirine resta dehors, dans la cour; elle avait peur de Yûsef. Les deux hommes s'enfermèrent dans la pièce. « Pourquoi tu l'as mise à la porte?

– Pour... Rien! »

Puis le silence. Aucune envie d'en parler. Alors Lâla Bahâri lui fit remarquer qu'elle n'avait nulle part où aller, que toute seule dans les rues, elle serait fouettée, voire enfermée par les Talibans.

« Qu'elle aille au diable!

– Mais pourquoi tu dis ça?

– Elle me fait souffrir.

– Te faire souffrir?... Pourquoi?

– Je ne sais pas. » Il se leva, agité. Lâla Bahâri l'observait, le laissa faire quelque pas sans but précis. « Tu la hais?

– Oui, je la hais!

– Et tu sais pourquoi? »

Le silence, encore. Yûsef faisait taire ses craintes, comme ses désirs, comme ses regrets. Il ne voulait pas en parler.

« Parce que tu te hais, toi-même! »

Il s'arrêta, regarda Lâla Bahâri d'un œil sombre, comme pour crier : « Oui, je me hais. Parce que je ne sais pas comment me débarrasser de ces troubles que je vis en présence de Shirine et en son absence; au réveil et dans mes rêves. » Et il pensa à cette scène dont il avait rêvé une nuit, un rêve troublant qu'il avait tenté de chasser de sa mémoire, mais qui revenait souvent, avant de dormir. Il avait rêvé de Shirine nue – qu'il remplaça au réveil par une actrice hindoue. Elle était dans la source, inondée d'une lumière étrange qui jaillissait du fond des eaux. Elle se lavait et lui la regardait en se caressant la verge. Elle avait un corps encore plus petit qu'il ne l'est réellement. Yûsef avait dû s'asseoir en tailleur pour la poser sur ses genoux. Elle devenait de plus en plus ténue, comme une poupée. Elle éclatait de rire, en fouillant de ses mains le pantalon de Yûsef. Lui était paralysé, ne pouvait ni parler ni bouger. Elle continuait à chatouiller la tête de ce qu'elle appelait sa petite chauve-souris. Yûsef s'était réveillé, tout mouillé ; trempé de sueur et de semence.

Quelle honte !

Pour cette raison il avait remplacé Shirine par une actrice hindoue dont il avait autrefois vu la photo dans l'échoppe de Lâla Bahâri. Sinon, il n'aurait jamais plus pu regarder Shirine sans effroi.

Et là, apprenant que Dawood l'épiait pendant qu'elle se lavait, il se sentait aussi impur que l'autre. Et pire encore.

Oui, il se déteste !

« Elle t'appartient, non ? » La question de Lâla Bahâri fige les jambes en arc de Yûsef. « Non ! Non ! Elle appartient à son mari, mon frère Soleyman.

– C'est peut-être ça qui te ronge. Tu veux qu'elle soit à toi.

– Ah, non, absolument pas ! »

La contrariété qui agite Yûsef fait sourire Lâla Bahâri, qui continue : « Mais alors, pourquoi elle te fait souffrir ?

– Justement…

– Tu sais que même si tu ne veux pas d'elle, elle est à ta charge selon votre tradition. Elle t'appartient

130

comme le bien de ton frère. Et tant que tu la considères comme telle, au fond de toi, tu vas en souffrir. Il faut que tu la reconnaisses comme une personne, un être à part entière, pas comme un bien, une propriété. La possession, voilà la source de tes souffrances. » Moins agité, Yûsef reprend sa place, mais avec une autre contrariété : « Elle m'empêche de dormir.

— Es-tu sûr que ce n'est pas toi la cause de tes maux et de tes insomnies ? Quelque chose en toi ne tient pas à être révélé, à être partagé. Un interdit que ton esprit veille jour et nuit. Même quand tu vas au lit.

— Non, je n'ai rien !

— Rien ?

— Rien !

— C'est donc peut-être ça, la source de tes insomnies et de tes souffrances. Tu as vidé ton esprit comme ton corps. Remplis-les de tendresse, d'amour, tant que tu peux. Ne laisse aucun vide en toi que la haine viendrait combler. » Il prend Yûsef par les épaules, le regarde dans les yeux. « Tu me comprends ? » Contrarié, Yûsef libère ses épaules. « Elle me donne de l'asthme ! » Lâla Bahâri en rit aux éclats.

« C'est elle qui vide tes poumons ?

– Oui.

– Mais cherche les raisons d'abord en toi.

– Dès que je pense à elle, dès que je la vois, j'ai de l'asthme.

– Parce que devant elle, tu ne veux pas inspirer, mais seulement expirer. Il faut que tu ouvres tout ton esprit, comme ton corps, pour recevoir le souffle qu'elle te donne. » Yûsef sombre dans le silence. Un long moment. Avant de céder. Et de faire entrer Shirine.

Il aimerait bien oublier le souvenir de cette scène, mais c'est impossible. Il le hante, il le bouleverse. À chaque fois pour une raison différente. Un coup c'est Dawood la cause d'une telle violence ; un coup Shirine, la tentatrice ; un coup lui-même, l'homme qui ne peut surveiller son *nâmous* ; et de temps à autre, Lâla Bahâri, qu'elle appelle dans ses rêves.

Il arrête d'y penser devant la porte de la maison. Suivi du chien, à qui il interdit de l'accompagner à l'intérieur : la patronne n'aime pas les animaux. Le chien obéit et reste dehors, majestueusement. Le porteur d'eau se précipite pour entrer, va directement dans la cuisine où Nafasgol l'attend, heureuse de le voir et d'avoir de l'eau, mais hérissée par l'absence de Shirine. « Où est Shirine ? » geint-elle, fixant Yûsef qui vide son outre dans le réservoir. « J'ai besoin d'elle, aujourd'hui. »

Que répondre ? Rien ne lui vient, sinon Shirine dort, Shirine est malade, Shirine… « Mais hier, elle se portait bien. Si elle ne vient pas aujourd'hui… » Un regard de Yûsef lui interdit de lui rebattre encore les oreilles de ses menaces : « Si Shirine ne vient pas faire le ménage, vous serez, tous les deux, chassés de la maison ! » Elle se retient aujourd'hui, ne dit rien… Elle a plus besoin de Yûsef que de Shirine. D'ailleurs, Dawood ne le permettrait pas. Donc, plus un mot. Le silence, sauf le clapotis de l'eau que Yûsef verse dans le bidon métallique. Il ne vide pas complètement l'outre, il en garde un peu pour Shirine. Puis il quitte silencieusement la cuisine, sous le regard irrité de Nafasgol.

Chez lui, il ouvre la porte avec beaucoup de précautions. La chambre est toujours noyée dans la pénombre. Et Shirine, toujours enfouie sous le *sandali*. Encore plus que tout à l'heure. Il contemple la sculpture de son corps qui donne sa forme menue à la couverture. La réveiller ? Il hésite. « Shirine ? » Sa voix se perd dans sa gorge, en même temps qu'un court gémissement s'étouffe sous la couette. Il attend un instant, tend les oreilles pour l'entendre lui dire *Salam*. Rien. Fixe le *sandali* pour la voir se réveiller, lui sourire, ramasser ses cheveux en arrière, les rattacher, puis ranger sa mèche rebelle derrière l'oreille. Rien à faire. Elle dort, et lui reste debout, à la contempler désespérément, tâchant de bannir de son esprit toute pensée inconvenante envers elle. Il ne veut plus avoir de pensées malsaines, plus jamais ! N'empêche qu'il en garde une, au fond de lui, dont il ne sait comment se débarrasser ni comment en parler aux autres. Certains le prendraient pour un pleutre ; d'autres, comme sa mère, maudiraient Shirine. « Attention ! Elle peut durant son sommeil lire toutes tes pensées », l'avertissait-elle. C'est sûr. Elle entend tout de lui, quand elle dort. Son esprit quitte son corps, la nuit, et s'immisce partout, n'importe où, aussi loin que possible, même en Inde ! Il pénètre partout, dans son esprit, où elle veut, dans les endroits les plus obscurs, les plus voilés, les plus intimes, que lui, Yûsef, ne sait ni nommer ni imaginer. « Elle te possède. Elle t'emprisonne dans ses songes. Elle aspire ton souffle ! » Et Yûsef le ressent. Il a peur. L'autre nuit, réveillé par ses envies sataniques, puis tenaillé par ses anxiétés diurnes, il suffoquait d'asthme, en entendant Shirine respirer soudain à pleins poumons, profondément, comme si elle voulait aspirer l'air entier de la chambre, de la maison, de Kaboul, de la terre… Et ne rien lui laisser. Il avait voulu fuir, quitter la chambre, mais un petit mot d'elle, en plein sommeil, surgi du fond de ses rêves, le cloua sur place : « Ne t'en va pas, c'est pour toi. » Puis le silence. Et l'attente. Qu'est-ce qu'elle avait pour lui ? L'air, bien sûr. L'air de la terre entière. C'était elle son outre d'air. Shirine protège le souffle de Yûsef.

Il restait hanté par le pouvoir qu'elle avait sur lui jusque dans son sommeil. Aujourd'hui, la même peur s'empare de lui. Il se croit séquestré dans les rêves de Shirine. Il devient son esclave. Mieux vaut être prisonnier dans ses rêves à elle que dans ses cauchemars à lui, se dit-il, se retournant pour quitter la chambre. Dans le couloir il verse le fond de son outre dans la bouilloire, et sort dans la cour. La patronne l'appelle et le supplie de lui apporter encore une outre d'eau. Sa réponse est toujours la même : il doit apporter de l'eau dans sept autres maisons, et Allah sait combien à la mosquée. Il sort de la maison, se disant qu'il apportera certainement de l'eau, oui, comme toujours, pas pour elle, mais pour veiller sur Shirine, la protéger contre Dawood, son imbécile de mari.

Retour à la source.

Remplir l'outre.

Reprendre la pente de *kâfir koh*.

Bahâri est toujours absent.

Et lui, toujours sans *Salem*.

Ce n'est plus le manque de cigarette qui l'inquiète, mais l'absence de Lâla Bahâri, qui oublie souvent de mettre autour de son bras le ruban orange que Mullah Omar a imposé aux Hindous. L'autre jour, à l'heure de la prière, un taliban l'a tabassé, ignorant qu'il n'était pas musulman. Tôt ou tard, ils vont forcément les chasser du pays ou les enfermer, les exécuter s'ils ne se convertissent pas à l'islam. C'est sûr. Lâla Bahâri doit partir.

Mais pour aller où ? En Inde ? Il préfère mourir ici, chez lui. Ce n'est pas parce qu'il est hindou qu'il doit vivre en Hindoustan. Il est afghan, c'est tout. C'est ici qu'il a été conçu, qu'il est né ; c'est ici qu'il vit, qu'il rêve, et c'est ici qu'il mourra – ainsi qu'il l'affirme, comme il l'affirma à sa femme et à ses enfants quand ils lui demandèrent de quitter l'Afghanistan pour l'Inde. Eux partirent sans lui dire un mot, le laissant vivre sa volonté de mourir comme les statues de Bouddha.

## 15

La pluie, de plus en plus forte ; les essuie-glaces, de plus en plus nerveux – comme toi ; sommeil lourd, angoisse accablante. Le monde qui circule devant toi en est déformé. Tes yeux brûlent, peinent à fixer la route. Tu décides alors de prendre n'importe quelle sortie pour te reposer un instant sur une aire déserte.

Difficile de fermer l'œil. Tu crains aussi le fantôme de ton beau-père, même si tu ne veux pas y croire. Cela fait un certain temps que tu ne crois plus au monde chimérique. À aucun fantôme. À aucune âme appartenant à l'au-delà, à un monde après la mort. Ni à la dualité corps/âme. Pourtant, tu t'inventes deux mondes parallèles, deux vies, deux personnalités, deux temps qui se superposent, se reconstruisent, se souviennent l'un de l'autre, se répètent. Cela est aussi une sorte de croyance. Or, tes postulats sur le double, le déjà-vu, la clandestinité, la duplicité, ne sont qu'un petit arrangement personnel de ta foi ancestrale en deux mondes. Ta double vie, entre Paris et Amsterdam, dont l'une se manifeste lorsque l'autre se cache, illustre parfaitement cette scission que ta conviction perdue recrée malgré toi entre visible et invisible, entre présence et absence, entre Rina et Nuria.

Non, tu ne peux t'en défaire.

Donc, le fantôme peut revenir non seulement dans ton imaginaire, mais dans ta vie. Il te hante. Il t'en veut d'avoir empêché son corps d'être enterré, comme il le souhaitait, en Afghanistan.

Il est là, le fantôme. Tu le vois. Il te dit quelque chose, mais tu ne l'entends pas. Tu baisses la vitre, et son cri envahit l'habitacle : « Où est ma tombe ? »

Un coup de klaxon te fait ouvrir les yeux. L'aire est calme, à l'exception du bruit de la pluie. L'angoisse du cauchemar te donne envie de pisser. En t'éloignant d'elle, tu jettes quand même un coup d'œil furtif à l'arrière de la voiture. Non, le fantôme n'est plus là. Tu te moques de ton délire, mais cela ne t'interdit pas de penser au décès du père de Rina, il y a quelques années. Elle était allée aux États-Unis, à son chevet. Toi, tu étais resté avec Lola, à cause de son école. Il était minuit passé quand ta femme t'a appelé pour te dire que son père était parti. Elle pleurait. Son père voulait mourir en Afghanistan, mais pas en exil. Tu lui as cité un philosophe afghan que son père aimait : « L'exil, c'est mourir ailleurs. » Elle a pleuré davantage, plus fort. Pour respecter sa dernière volonté, toute la famille voulait rapatrier sa dépouille, l'enterrer dans le cimetière de leurs aïeux. « Mais quelle bêtise ! » as-tu crié au téléphone, alors que Rina gardait le silence. « Kaboul est en pleine guerre civile. Même les Kaboulis ne peuvent plus s'occuper de leurs morts. Ils n'osent plus les inhumer dans les cimetières. Les dépouilles sont ensevelies dans les jardins des maisons. Qui pourrait donc rapporter le corps de ton père au pays en feu ? Ton frère ? Lui qui vit tranquillement en Australie ? Il n'est même pas venu embrasser ton père avant sa mort.

– Si, il veut le convoyer. Mais si on le laisse vendre pour lui les biens que notre père a laissés en héritage.

– Quelle crapule ! »

Après une longue discussion avec Rina et sa mère, tu as pu les convaincre de l'enterrer en Californie, dans le cimetière des Afghans.

Voilà pourquoi son âme errante t'en veut, à toi.

De retour à ta voiture, tu aimerais encore fermer l'œil, mais tu ne peux pas. Le visage translucide, blafard, édenté, de ton beau-père, sombré dans la démence, hante ton esprit. Tu l'imagines se glisser dans les rêves de sa fille, hurlant des obscénités : « Pourquoi, le soir de mon enterrement, ton mari se masturbait ? C'est cette semence qui a fécondé ta sœur. »

Tu ne veux plus de ces cauchemars. Tu respires encore de l'air humide, et vides la bouteille d'eau. Puis tu tentes encore d'appeler Nuria ; elle est toujours occupée, ne peut te répondre, dit l'accueil du musée. Tu te surprends à insister, alors que tu sais très bien qu'elle ne peut quitter l'atelier aux heures de travail. Appelle plutôt ton hôtel, réserve ta chambre, la numéro 29 – celle avec un grand lit et une belle vue sur le canal. Pour une nuitée ou deux. Après tu devras trouver un appartement ; Nuria ne t'accueillera jamais chez elle, tu le sais très bien. Tu ne connais même pas son adresse. Elle n'aime guère que quelqu'un, même de sa famille, transgresse son intimité, son mystère. Ou bien elle joue la secrète, une manière de cautionner l'idée qu'elle pourrait avoir une double vie ; si l'une déraille, elle peut vivre l'autre. Le double ne sert qu'à ça, à vivre heureux tout le temps.

Toi, dès demain, tu ne seras pas double, mais triple. Tu seras comme une présence invisible pour ta fille, une absence visible pour ta femme, mais une présence visible, de tout ton corps, pour Nuria.

Une vie de trinité !

Maintenant, tu peux reprendre la route.

Il n'est même pas trois heures de l'après-midi, tu as donc encore largement le temps. Dans une heure, tu arriveras à l'hôtel, d'où tu réserveras une table pour deux au Garlic King. Puis tu appelleras ton bureau pour dire que tu as reçu l'appel urgent d'un de tes clients hollandais, etc. Ensuite, une bonne sieste de deux heures, un bon bain, une petite promenade en consultant les annonces de location des agences immobilières. Cela jusqu'à l'heure de *gezelling*, un moment que tu adores. Se retrouver dans les bars au bord des canaux, pour prendre une bière et discuter de tout et de rien avec des inconnus. Tu attendras Nuria au bar du *Bord d'eau*, avant d'aller au restaurant, savourer vos vérités.

## 16

Il a soif.

De l'eau limpide et tiède, une gorgée lui suffit. Il en boit deux à même la source ; puis il colle ses lèvres humides contre la bouche de l'outre, inspire autant que ses poumons le lui permettent l'air mis en réserve. Retient son souffle. Remplit d'eau son outre, laissant encore un peu d'air, on ne sait jamais. Et repart.

À la sortie, le chien est toujours là, l'œil et l'oreille aux aguets, indifférent au soleil maintenant à son zénith mais qui bientôt déclinera lentement et froidement ; puis disparaîtra, ventre à terre, exaspérant la ville qui n'aspire qu'aux nuées, à la pluie, à la boue et à se libérer des caprices du porteur d'eau.

Encore une vaine journée pour les uns, et rentable pour les autres, comme pour Yûsef.

L'appel à la prière de midi sème la panique dans la rue. Tout le monde court pour aller prier. Yûsef aussi se précipite, mais pas vers la mosquée. Il est déjà midi et il n'a porté de l'eau qu'à deux maisons. Il lui en reste cinq autres à désaltérer.

Il arrive à la hâte chez *bibi* Sima. Comme d'habitude, il va directement au hammam pour vider son outre, et comme toujours il se pose mille et une questions à propos de cette jeune dame qui vit seule avec ses deux jeunes filles. Son mari, blessé à la guerre, disparut du jour au lendemain. Est-il mort et enterré dans leur jardin ? Le porteur d'eau le saurait. De temps à autre, un jeune soldat vient lui rendre visite, son frère sans doute. C'est pourquoi elle ne craint personne. Ni les voleurs ni l'armée des Talibans. Elle donne des cours clandestins aux jeunes filles à qui les Talibans interdisent l'école.

Que fait-elle d'autre ? Pourquoi reste-t-elle dans cette ville ? C'est un mystère dans le quartier, même pour le porteur d'eau, qui connaît tous les secrets que l'on étouffe ici dans les maisons. Sans doute ne sait-elle pas où aller, comme lui, Yûsef. La Terre est grande, certes, mais pas pour des gens comme eux. Sans famille ni relations. Lui ne connaît même pas le nom du village d'où venaient ses parents. Il sait seulement qu'ils étaient originaires d'un des hameaux de la vallée d'Ajdar, où, selon une légende, Ali, cousin et gendre du Prophète, a tué le Grand Dragon. Elle est loin, paraît-il, au fin fond des vallées de Bâmiyân, envahies ces jours-ci par les Talibans. Il ne connaît aucune autre ville où se réfugier. Et même s'il en connaissait, pourrait-il partir seul, sans Shirine? Il ne peut ni la laisser ici sans lui ni l'emmener avec lui.

Maudit soit Soleyman! Pourquoi lui a-t-il laissé sa femme? Il a beau chercher, il ne trouve pas le moindre indice, la moindre raison qui aurait pu chasser son frère et le faire disparaître ainsi. Que s'est-il passé? Des questions qui le tourmentent, le dévastent. Oh, si seulement il pouvait trouver une seule trace de son frère! Pourquoi ne retourne-t-il pas au pays? À la maison? À sa femme? Est-il mort? Ou jeté en prison? En une nuit, il s'était décidé, et le lendemain, il partit. Pourtant, comme chauffeur de bus, il gagnait bien sa vie, il ne se plaignait de rien, de personne. Il était parti sans dire pourquoi, ni à Shirine, ni à sa mère, ni à lui, son frère. Même pas à Najib, son mentor. C'était il y a... Il ne sait pas. Il ne sait plus. Il était parti avant que leur mère ne meure ; de ça, il s'en souvient. Quelques mois avant. Exactement. À la fin du printemps, et leur mère était décédée au début de l'hiver. Morte de chagrin, de l'absence de son fils préféré, chez qui elle vivait. C'était plus confortable que chez Yûsef, qui voulait vivre seul dans une seule pièce. D'ailleurs, elle aimait plus son fils aîné que le porteur d'eau, ce bon à rien, incapable de lui amener une bru, de lui faire des petits-enfants...

Le lendemain du départ de Soleyman, sa mère se pointa chez Yûsef, Shirine sur ses talons. « Désormais c'est à toi de t'occuper de nous ! » lui ordonnat-elle ; puis, sur son lit d'agonie : « Veille sur Shirine comme sur ta sœur ! »

Shirine comme sa sœur ? Lui, qui n'eut jamais de sœur, comment pourrait-il s'en occuper ? Une fille, dit-on, n'appartient pas à sa famille, elle est destinée à quitter un jour son foyer, ses frères. Une sœur appartient à quelqu'un d'autre. Comme Shirine. Personne de sa parenté ne veut d'elle. Il le sait. Il l'a compris le jour où il l'a ramenée chez sa mère, il y a quelque temps. Le jour même où elle avait mis sa douce main sur le front fiévreux de Yûsef, lui troublant l'esprit. Ce jour-là, il avait décidé de la ramener chez elle, chez ses parents, mais eux la rejetèrent. Surtout son frère. Sa sœur, disait-il, appartenait corps et âme à son mari, et depuis la disparition de celui-ci, à son beau-frère, à Yûsef. « À moi ? demanda le porteur d'eau, tout effaré.

– Oui, à toi ! C'est toi qui as désormais tout droit de vie et de mort sur elle. Tu peux la battre si elle te désobéit. Tu peux la garder comme ça te convient, comme ta belle-sœur ou comme ta domestique, ou même, si ton frère est mort, comme ton épouse. »

Comme son épouse ? Lui qui n'avait jamais connu la compagnie d'une femme, à part sa mère, comment saurait-il se comporter ? Très jeune, il avait perdu son père, et le lendemain, sa mère lui avait mis l'outre de son père sur le dos, pour l'envoyer distribuer de l'eau, au pied de cette montagne abrupte, *Kafir Koh*. À l'époque, le métier de porteur d'eau n'était pas aussi lucratif qu'aujourd'hui. On en vivait à peine. Pour cette raison, il continua à travailler chez Nafasgol comme garçon à tout faire : les courses, le jardinage, le porteur d'eau. Et à être hébergé dans ce logis où il habite toujours.

Très jeune, il devint un homme indépendant, solitaire, et sous le poids de l'outre, vieux. Avant même sa puberté, il avait souffert d'une hernie à l'aine, à cause de cette maudite outre, trop lourde pour un garçon de son âge. Quand il voulait s'ouvrir à sa mère pour parler de ses douleurs à l'entrejambe, elle le grondait, lui interdisait d'en parler. « Ce n'est rien, tu grandis. C'est tout ! » Plus aucune explication.

Il n'a donc jamais connu le *péché manuel* ni les ébats oniriques avec le *sheytan*. Alors coucher avec une femme... Mais il n'en parlait à personne, même pas à son frère. Parce qu'il n'avait aucune idée de ce qui se passait en lui. Quand on lui posait des questions au sujet des femmes et de sa puberté, il esquivait. Il avait honte. Ce qui l'éloignait des autres, le laissait désemparé, muré dans sa solitude. Pourtant, pendant longtemps, il n'en avait pas souffert. Jusqu'au jour où Shirine lui avait mis la main sur le front. Une main tremblante, chaude, humide. Elle lui procura une drôle de sensation qui lui fit battre le cœur.

Le sang remontait dans ses tempes, descendait entre les jambes...

Une contraction paisible mais angoissante...

Sa bouche se remplit de salive...

Tout son corps devint chaud...

Tremblant...

Son souffle s'accélérait...

Il ne comprenait pas ce qui lui arrivait. Sans doute Shirine l'ensorcelait-elle. Elle sentait ce qui se produisait en lui. Ce qu'elle provoquait en lui. Oui, elle savait des choses, elle avait vécu des choses. Elle savait tout.

Elle commença à lui caresser les cheveux,
puis les oreilles, le cou...
À chaque caresse l'état de Yûsef s'aggravait.
Son cœur éclatait,
son souffle déchirait sa poitrine,
sa verge bougeait,
se raidissait,
se redressait.
Ses veines gonflaient...
Soudain, il eut peur.
Il repoussa Shirine, se leva et quitta la maison.

Après une longue marche, cinq mille, voire sept mille, dix mille pas, et quelques cigarettes Salem, il alla au hammam, se lava, fit ses ablutions, se rendit à la mosquée et s'adonna à une longue prière. Puis il revint, et demanda à Shirine de ramasser ses affaires. Shirine, silencieuse, ne posa aucune question, mit le peu de choses qu'elle avait dans un baluchon rouge et blanc de *Gol-é sib*, porta son foulard en soie autour du cou, puis se couvrit de son *tchadari*, et suivit Yûsef qui marchait avec rage, deux pas devant elle.

Tête inclinée sur la poitrine, il ne regardait personne, il trottait comme avant, comme les jours où il cueillait les traces de ses pas. Sans doute à la recherche de sa dernière enjambée, désespérément. Derrière lui, Shirine. Haletante. Elle n'avait pas l'habitude de marcher, et de marcher à la hâte. Toutes les traces de ses pas étaient encore sur terre. Non seulement parce qu'elle était jeune, mais aussi parce qu'elle avait peu marché dans sa vie. Mais ce jour-là, Yûsef voulait qu'elle marche. Qu'elle marche aussi longtemps que possible, jusqu'à son dernier pas. Qu'elle ramasse sa trace ultime avant d'arriver dans sa famille. Qu'elle disparaisse de sa vie, qu'elle sorte de son corps, de son esprit. Qu'elle meure! Il ne supporterait plus sa présence dans ce monde, dans son monde, même loin de lui. En vie, elle le hanterait jour et nuit.

Mais morte aussi. Son fantôme le posséderait encore plus, l'engloutirait dans la démence... À lui donc de disparaître. Mais où qu'il aille, il ne saurait s'en défaire, l'oublier.

Il se figea en pleine rue.

Que faire?

Il était perdu.

Déjà, à l'époque, il se demandait à chaque pas pourquoi tant de haine et de rage contre elle? Il ne savait pas. Son incapacité à en connaître les causes le troublait encore plus; lui qui n'éprouvait jamais d'animosité à l'égard des autres, lui qui ne laissait personne, jamais, s'introduire dans sa vie, dans son espace solitaire et silencieux, lui qui était si loin des soucis des autres, il était subitement devenu malsain, malveillant, venimeux. À cause d'elle, la sorcière ! La démone ! Qu'il s'en débarrasse, vite, avant qu'il ne la tue.

Dans la ruelle qui menait à la maison des parents de Shirine, il s'arrêta, jeta un regard derrière lui, mais Shirine n'était plus là. Il retourna à la rue d'où il venait. À l'autre bout, il vit sa belle-sœur assise dans un coin, contre un mur. Il s'approcha. Elle pleurait. Elle dit qu'elle avait reçu des coups de câble par un Taliban. « Pourquoi ? » lui demanda Yûsef, cherchant du regard un Taliban dans la rue. Aucune ombre d'un homme armé d'un câble. « Mais que s'est-il passé ?

– Rien.

– Il t'a frappée ?

– Oui.

– Mais pourquoi ?

– Je ne pouvais plus marcher avec le baluchon à la main, c'était un peu lourd, alors je l'ai mis sur ma tête. Ça m'a obligée à écarter le pan de mon *tchadari*. » Ce qui avait révélé son bras, la forme saillie de ses seins – qu'elle ne décrit pas, laissant Yûsef l'imaginer. Elle reprend : « Il m'a frappée avec son câble, il me demandait pourquoi j'étais sortie seule.

– Mais pourquoi tu ne m'as pas appelé ?

– Tu étais loin.» Elle ne dit plus rien. Parce que Yûsef savait que pour les Talibans entendre une femme crier dans la rue était encore pire. Et pour elle, et pour Yûsef, fautif de laisser son *nâmous* exposer son corps aux inconnus. Lui aussi aurait pris des coups de fouet. Il n'avait pas droit de laisser son *nâmous* traîner comme ça, les seins à l'air...

Après ce long silence, elle dit : « Si je ne t'ai pas appelé », elle cherchait ses mots ; elle les trouva : « C'était pour te protéger, je ne voulais pas qu'ils te frappent ! »

Le protéger, lui ?

Tout s'écroula autour de Yûsef, sa forteresse de solitude, construite dans l'étendue déserte d'abandon, ses abris d'insouciance, ses montagnes inaccessibles... Tous les mots de Lâla Bahâri lui revenaient à l'esprit. Il les sentait, les comprenait. Il se comprenait. C'était la première fois qu'il entendait quelqu'un dire qu'il le protégeait, qu'il prenait soin de lui. Il s'assit à côté d'elle, à l'ombre, le dos contre le mur, sortit une cigarette. Il resta ainsi longtemps, silencieux, fumant une *Salem*. Le dilemme le déchirait. Il ne savait plus quoi faire avec Shirine. La ramener à la maison, la garder près de lui? Mais en tant que quoi? En tant que qui? Sa domestique ou sa femme?

Et si jamais son frère revenait? Ce serait une guerre fratricide.

Il se leva, jeta la cigarette par terre, et lui fit signe de le suivre.

Lorsqu'ils arrivèrent chez les beaux-parents de Soleyman, Raouf, le frère de Shirine, leur ouvrit la porte, pas très accueillant. Il ne dit même pas « salam » à sa sœur. Rien. Un sang chaud, insolent, qui depuis la présence des Talibans était devenu un musulman bien intègre. Lorsque Yûsef dit à la famille qu'il ne pouvait plus garder leur fille chez lui, c'est Raouf qui décida, et personne d'autre. Ni le père ni la mère. Il enjoignit à Yûsef de la ramener avec lui, d'aller retrouver son mari! Sinon, lui, il l'enterrerait vivante.

Un souvenir lourd. Il en oublie comment il vida son *mashk* chez *bibi* Sima, combien il fut payé, quand il quitta la maison, et pourquoi il est déjà devant l'échoppe fermée de Lâla Bahâri.

## 17

Non, ce n'est pas de la paramnésie! Tu es déjà venu dans cette agence immobilière, tu as déjà tout expliqué à cette dame aux yeux marins, il y a quelques mois, mais sans donner suite à ta recherche. Elle te fixe curieusement, sans doute parce que tu as du mal à t'exprimer. Tu as l'impression que tu répètes ce que tu lui avais dit la dernière fois, qu'elle connaît tout de toi. Tu te demandes pourquoi elle te pose les mêmes questions; elle n'a qu'à ressortir le dossier qu'elle a dû constituer lors de ta première visite. « Non, désolée, te dirait-elle, l'agence ne garde pas les fichiers clients pour l'éternité. » Peu importe, cela ne te prend même pas cinq minutes.

Tu renouvelles ta demande, un appartement de deux pièces, non loin du centre, et tu exposes la raison pour laquelle tu veux t'installer dans cette ville. Tes phrases sont confuses, ta voix tremblante, comme si tu étais devant un juge ou un avocat pour justifier ta décision, ta fuite, ton exil. Ce n'est pas le motif de ton emménagement qui intéresse la dame, mais les conditions de son financement. Elle te demande de lui apporter les justificatifs de ton employeur le jour où tu visiteras les appartements.

Soit.

Tu quittes l'agence. Indécis comme la dernière fois.

La pluie a cessé, mais l'horizon reste sombre. Tu as encore une heure devant toi, avant de voir Nuria qui t'attendra au *Bord d'eau*. Tu vas directement au bar, prends un quotidien sur une grande table où les journaux internationaux n'ont qu'un titre en une : « La destruction des grands Bouddhas d'Afghanistan ». Tu vas t'asseoir près de la fenêtre, vue sur le canal, et te commandes une bière.

Tu te penches pour lire le journal dans lequel est reproduite la déclaration du responsable de la presse au ministère des Affaires étrangères des Talibans, Ahmad Faiz : « Ces destructions ne sont dirigées contre personne. C'est une décision interne de l'Émirat islamique, mais nous sommes préoccupés par le silence de la communauté internationale devant les souffrances du peuple afghan, alors qu'elle s'est totalement mobilisée pour la destruction de ces pierres. »

La déclaration du ministre des Talibans trouble ton esprit. Toi aussi, il y a une semaine, tu disais exactement la même chose. Il y a une semaine, Nuria et toi, vous en parliez. Elle voulait connaître comme toujours ton opinion en tant qu'Afghan. Pour ne pas te perdre dans ce genre de discussion, tu lui avais répondu que l'ampleur de cette affaire était plutôt médiatique, que tu ne comprenais pas pourquoi tant de bruit alors que les Talibans massacraient en toute tranquillité la population chiite de cette région, que tant de femmes étaient victimes de leurs barbaries, que la misère était atroce dans le pays. Mais personne n'en parlait. Et là, bien sûr, on n'entendait que l'indignation du monde entier face à la destruction des Bouddhas. Bouddha lui-même en aurait eu honte.

À peine finie ta diatribe, Nuria, soudain révoltée et véhémente, avait tout contredit comme si elle se sentait profondément concernée. « Mais les êtres humains, qu'ils vivent dans la misère et sous la terreur ou dans la richesse et le bonheur, sont programmés pour mourir un jour. Pas une œuvre d'art. Une œuvre garantit la trace de l'humanité dans l'univers ! » Elle s'était approchée de toi, et après un baiser rageur sur tes lèvres, elle avait repris doucement : « Et puis, les êtres humains peuvent se reproduire, pas les œuvres d'art. »

Silence. Long, une dizaine de minutes, pendant lesquelles elle t'embrassait dans le cou ; et toi, tu te retenais de la provoquer davantage. Elle était jeune et indignée – comme toi vingt ans auparavant.

Puis elle avait poursuivi, plus sereine, comme si elle t'avait entendu : « Pardon d'avoir été si violente sur le sujet.

– C'est normal, tu étudies la restauration des œuvres d'art et c'est ton travail ; tu prends soin d'elles, tu les protèges, tu les aimes plus qu'un enfant. Mais le jour où tu auras un enfant...

– Merci de m'avoir comprise », dit-elle uniquement pour éviter que tu t'enfonces à nouveau dans tes leçons de vieux con. Elle poursuivit : « Je sais que tu es comme moi convaincu que si l'humanité existe toujours sur cette terre, ce n'est pas grâce à sa capacité de procréation mais de création. »

Elle devait te ressortir ses cours d'histoire de l'art, les phrases soulignées au marqueur dans ses livres. Tu l'as laissée réviser tout ça à voix haute jusqu'à ce qu'elle s'attaque à ton domaine, la reproduction. Là, tu l'as arrêtée : « Oui, la sérigraphie ne sert qu'à reproduire les œuvres d'art, mais elle les rend accessibles, elle garantit ainsi leur pérennité, elle les met à la portée de tous… » Elle t'a coupé à nouveau la parole, pour te démontrer la vanité d'un tel procédé, comme lors de votre première rencontre dans ta voiture. « Cela va à l'encontre de la volonté des artistes. C'est nier l'authenticité des œuvres ! » Etc. Puis, en allumant une cigarette, elle t'a décrit longuement, sensuellement, ses états devant un tableau, la façon dont elle atteignait l'extase, plus forte encore que contre le corps d'un homme. Il lui était même arrivé d'en jouir en toute discrétion. Et pour te le prouver, elle t'a emmené d'abord à la maison de Rembrandt, puis dans son atelier à l'école où elle travaillait sur le magnifique tableau, *Bethsabée au bain*, que tu ne connaissais pas. L'original, abîmé, était au musée du Louvre, et elle devait d'abord reproduire l'œuvre telle que les historiens l'imaginaient peinte par le maître afin de retrouver la bonne palette de couleurs du peintre. C'était un après-midi, il n'y avait personne dans l'établissement. Les murs de l'atelier étaient recouverts par les copies et les différentes reproductions du tableau. Elle t'a expliqué, comme une guide de musée très habile, tous les détails techniques, artistiques et thématiques de ce chef-d'œuvre. Puis elle a refermé la porte à clef, s'est déshabillée, *nue comme ail,* a mis seulement son tablier noir taché de toutes les couleurs, et s'est assise sur le tabouret, face au chevalet, les jambes écartées. Tu t'es approché d'elle, tu as glissé ta main sous sa blouse. « Pas tout de suite », a-t-elle soufflé d'une voix douce et prometteuse, exigeant pour un long moment un silence total et contemplatif.

Un long moment étrange, aussi étrange que le tableau, que la nudité de Nuria dans l'atelier. Comme elle, tu t'es laissé pénétrer par l'œuvre. Dans son décor sombre, presque sans arrière-plan, où tout baignait dans les teintes ocre brun, virant au noir ; au fond, tu distinguais une étagère à peine visible, comme les tiroirs secrets d'une femme. Il y avait aussi une masse d'étoffe somptueuse, sans doute les habits de Bethsabée. D'après les recherches de Nuria, cette masse était peinte de telle sorte qu'elle ressemblait au masque des morts, pour annoncer symboliquement le sort d'Urie, l'époux de Bethsabée, que le roi David avait envoyé à la guerre. En fait, le monarque était épris de cette belle créature qu'il avait vue au bain. D'autres pensaient que cette figure textile suggérait la vanité, chère au peintre. Et tant d'autres interprétations que tu as oubliées. De cette contemplation tu n'as gardé que des détails voluptueux, comme le tissu qui couvrait le sofa sur lequel était assise Bethsabée et grâce auquel le peintre soulignait la lascivité du corps féminin. Aussi lumineux que la peau de la femme, les plis de l'étoffe, comme sa texture, comme sa couleur, dégageaient une sensualité vertigineuse et charnelle. Perdu dans ces ondulations, tu y voyais une forme discrète de lèvres turgescentes, ou celle d'une vulve épanouie de désir. Tu soupçonnais le peintre d'avoir voulu incarner tout l'érotisme du corps dans l'étoffe, ce corps nu de Bethsabée qui transcendait les perfections, ce corps doré qui n'avait nul besoin d'être éclairé par l'extérieur, car lui-même diffusait une lumière intérieure, intime. Une beauté de nymphe, dont la chair était illuminée par la promesse d'une grossesse future, celle qui engendrerait le roi Salomon, ancêtre de la Vierge Marie, selon une légende.

*Un souvenir du futur!* Tu le retrouvais aussi dans cette œuvre, mais seulement l'idée et rien d'autre, pas de sentiment de déjà-vu, comme devant le tableau de *La Reproduction interdite*.

Sans t'attarder sur ta paramnésie, tu as laissé glisser ton regard vers la lettre que Bethsabée tenait dans les mains. Une lettre de qui? De son amant David qui l'invitait dans son lit? Ou une lettre du front, annonçant la mort de son mari? Quel désarroi! Quel dilemme! D'un côté, elle qui songeait à la perte imminente de sa fidélité; de l'autre, Rembrandt qui voyait en elle l'ancêtre de Christ dont le geste majeur était représenté dans le tableau à travers l'attitude de la servante qui lavait le pied de Bethsabée, la pécheresse admise. Nue et triste, Bethsabée était devant toi aussi sensuelle que Nuria. Chaque trait du corps, chaque nuance de chair, chaque mouvement te semblait évoquer le désir. Était-ce l'amour du peintre pour le personnage ou pour son modèle, sa femme? Quel génie de donner tant de sensualité à la trahison. Rembrandt avait-il été trahi par sa nouvelle épouse? Ou, en la peignant, l'imaginait-il débauchée? Et tant d'autres questions – toutes relevant plutôt de tes propres obsessions du moment que des intentions du peintre – qui t'ont empêché d'observer Nuria restée jusque-là sans le moindre mouvement. En se penchant lentement en arrière contre toi – toujours debout derrière elle –, elle t'a invité à la regarder telle une œuvre d'art. Sans la toucher, tu sentais la vibration de sa peau humide et brûlante; le mouvement de ses mains, enfouies sous le tablier; la chaleur de son souffle saccadé, s'exhalant de ses lèvres frémissantes.

Oui, ce jour-là, tu as vu et vécu la jouissance de Nuria devant une œuvre d'art, une jouissance plus viscérale et ardente que dans ses œuvres de chair. À la fin, tu as même cueilli de tes lèvres une larme qui coulait sur sa joue, avant qu'elle ne tombe dans la fossette creusée par son triste sourire. Qu'est-ce qui l'avait précipitée dans cette extase dolente? Bethsabée, son corps voluptueux? Son regard mélancolique face au dilemme entre la joie de l'adultère et la tristesse de la fidélité? Ou ce chagrin avec lequel Rembrandt cherchait à recouvrir le visage de sa femme? Alors pourquoi ce chagrin? En souvenir de sa première épouse, t'avait dit Nuria, décédée quelques années auparavant. Ou peut-être le peintre pensait-il à sa servante, enfermée dans un asile de fous, avec laquelle il avait eu un enfant illégitime.

À qui Nuria s'identifiait-elle? À la servante? À Bethsabée? Ou au maître? Et toi, Tom, qui étais-tu dans son œuvre à elle? Le roi David, absent mais voyeur? Ou Urie, mort et masqué d'étoffe, pour ta famille?

## 18

« Ô vous, qui croyez ! Le vin, les jeux de hasard, les pierres dressées et les flèches divinatoires sont une abomination et une œuvre du démon. Évitez-les. Peut-être serez-vous heureux. » C'est la voix de muezzin qui résonne en bas de la montagne de *Kafir Koh*, récitant le verset 90 de la sourate 5 du Coran, suivi des acclamations *Allah-o-akbar* du peu de fidèles qui sont maintenant dans la mosquée. Un chef religieux prêche la colère d'Allah contre les Afghans qui n'ont jamais tenté de détruire les statues. « Un peuple qui a battu les Grecs, les Mongols, les Anglais, les Russes, n'est-il pas capable de détruire des pierres dressées ? Preuve de leur vénération. C'est pourquoi la colère d'Allah s'abat sur ce peuple qui néglige sa parole et celle de son Prophète.

C'est pourquoi la sécheresse les frappe en plein hiver comme leur châtiment. Qu'ils sacrifient leurs vaches, leurs moutons, leurs chèvres, et tous leurs biens! Qu'ils prient jour et nuit! Qu'ils implorent la clémence d'Allah le Miséricordieux!»

Et à nouveau, *Allah-o-akbar!*

La clémence d'Allah serait la punition du porteur d'eau. Que ferait-il, lui? Qui serait-il si la pluie tombe, si la neige couvre les montagnes, si les rivières et les puits se remplissent d'eau? Il redeviendra l'eunuque! Yûsef a donc besoin de la colère d'Allah, encore pour quelques jours. Grâce à elle, il acquiert la dignité, la supériorité, la richesse. Il lui faut encore de l'argent pour quitter ce quartier de damnés et partir quelque part avec Shirine, très loin. Peu importe où.

Arrivé de nouveau devant l'échoppe fermée de Lâla Bahâri, il s'inquiète de plus en plus. Peut-être ces fous de Talibans l'ont-ils jeté en prison? Dans le quartier, ce genre de barbarie à l'égard des Hindous est assez courant. Surtout envers lui, dont le magasin n'est fréquenté que par les femmes. C'est pourquoi, Talibans ou pas, son épouse voulait absolument partir d'ici : elle ne supportait plus le succès de son mari auprès des femmes du quartier. D'ailleurs, selon elle, c'est la raison pour laquelle Lâla Bahâri ne veut pas partir. Ici, il connaît toutes les femmes, et elles le connaissent toutes. Elles viennent faire leurs courses chez lui, non pas seulement parce qu'elles trouvent dans son magasin tous les produits de beauté et toute sorte d'épices indiennes, mais parce qu'elles voient en lui un sosie de la star indienne Salman Khan. Avant les Talibans, cet acteur avait envahi les écrans de cinéma de Kaboul, ainsi que les murs des maisons et le cœur des femmes. Et maintenant, depuis l'interdiction de toute imagerie et de toute idolâtrie, les femmes viennent voir Lâla Bahâri encore plus nombreuses. Une manière de rêver à travers lui à cet acteur divin, même si lui, Lâla Bahâri, n'a en réalité pas de réelle ressemblance avec l'acteur. Lâla Bahâri est âgé, maigre, mais plus beau que la star. Comme dit Dawood : « Ce n'est pas parce qu'il est hindou qu'il doit ressembler à Salman Khan ! » La patronne, *nana* Nafasgol, en est fan, elle aussi, et inconditionnelle de films indiens. C'est chez elle que Shirine regardait ces films, jusqu'au jour où la mère de Yûsef découvrit dans les affaires de sa bru une photo de l'acteur, qu'elle déchira ; puis elle battit Shirine et lui interdit de regarder des films.

Pauvre Lâla Bahâri!

Un jour, il sera assassiné par les hommes du quartier. Pires que les Talibans.

Il y a encore quelque temps, Yûsef ne comprenait pas la rage de sa mère contre l'Hindou. Il ne craignait pas du tout sa présence ni son succès auprès des femmes, ni la photo de Salman Khan dans les affaires de Shirine. Cette insouciance disparut un beau jour, sans qu'il comprenne ni pourquoi ni comment. Pourtant il continuait à venir et à acheter ses cigarettes chez lui, mais silencieusement, sans s'attarder devant son échoppe comme naguère.

Lâla Bahâri s'était aperçu immédiatement que quelque chose avait changé en lui et dans leur relation. Il ne comprenait pas cette volte-face tacite si soudaine.

Il l'avait questionné plusieurs fois. De quoi lui en voulait-il? Mais Yûsef niait – non qu'il ne voulût rien dire, mais simplement à cause de son incapacité à trouver la source de ses troubles et de ses tracas à l'évocation de sa belle-sœur. Mais au bout de quelques jours de questions, Lâla Bahâri avait compris. Il l'avait invité un soir dans son échoppe pour boire un thé indien, celui que le porteur d'eau aimait tant. L'Hindou ne lui posa plus de questions.

Il lui exposa d'abord sa propre vie, sommairement, pour lui donner confiance. Il commença par sa haine politique, qui le fit changer de foi. Il était sikh, enturbanné, barbu, armé d'un kandjar. Mais le jour où un sikh avait assassiné la présidente indienne, la grande Indira Gandhi, il renia sa confession.

Sa femme, une sikhe, le quitta. Bahâri s'isola dans une longue méditation jusqu'à ce que les dieux chargent Kâma, dieu de l'amour, de le frapper de son arc pour éveiller en lui le désir. Ici il interrompit son récit, laissant Yûsef seul avec lui-même et ses mille et une questions. Yûsef ne comprenait rien aux légendes, mais deux questions le préoccupaient : comment était-il possible de renier sa croyance ancestrale, de trahir son Dieu à cause d'un assassinat politique ? À ce compte-là, lui aurait dû changer de confession plusieurs fois en trente ans ! Dans ce pays du feu et du sang, combien avait-il vu de présidents assassinés ? Bahâri avait ri. La réponse était simple pour lui, mais il ne voulait pas se lancer dans ce genre de discussion.

La deuxième question : « Et la flèche de Kâma ?

– Kâma avait dû se tromper de cible ou changer d'idée ! » Les yeux fermés, Lâla Bahâri avait chanté en hindi : « Il attendait le moment de lancer sa flèche / Tel un papillon désireux de se jeter dans la bouche du feu. » Puis il ouvrit soudain les yeux, et de l'index visa le cœur de Yûsef : « Kâma touche le porteur d'eau! »

Ces mots, comme des vraies flèches, transpercèrent tout le corps de Yûsef. Non, lui, un musulman, ne pouvait en aucun cas être frappé par un dieu hindou, et par sa flèche empoisonnée. D'ailleurs, l'amour c'est quoi? C'est pour qui? C'est comment? Il paniquait, voulait partir sur-le-champ, mais Lâla Bahâri lui glissa sous les yeux un petit livre illustré par des dessins miniatures, de l'époque de l'empereur musulman Babur – celui que tous les Kaboulis connaissent grâce à son jardin paradisiaque dans la ville. Un livre magnifiquement enluminé, sur lequel il fallait coller son nez pour détailler les scènes, quatre-vingt-quatre *asanas*, quatre-vingt-quatre positions de coït qui paralysèrent les jambes en arc de Yûsef. Son esprit ne pouvait croire ses yeux. Il commença à trembler. N'entendait plus Lâla Bahâri lui narrer la force de Kâma, le récit de l'union de Shiva et Parvati, le destin de l'humanité, et toutes ces légendes.

« Tu te demandes peut-être quelle est cette religion dans laquelle les dieux font l'amour?! Ils sont plus humains que nous! D'un aspect moins viril que les hommes, et plus féminin que les femmes », dit Lâla Bahâri, comme s'il lisait dans la pensée de

Yûsef. Puis il garda le silence, laissant Yûsef s'interroger, douter, se mordre les lèvres. C'était la première fois qu'il voyait les scènes si hardies du jeu
de l'amour. Il n'osait pas saisir le livre ; il le regardait entre les mains de son ami indien, qui reprit :
« C'est par la jouissance, par l'amour, par le désir,
*kâma*, *pyâr*, *ishq*, *mohabat* – appelle-le comme cela te
chante –, que le monde est né. » Yûsef ne l'écoutait
plus, il l'entendait seulement crier le mot qu'il avait
entendu sur les lèvres de Shirine endormie : « *Pyâr !*
*Pyâr !* » D'où l'avait-elle appris ? De Lâla Bahâri ? Ou
des films indiens ?

Son regard balayait à nouveau toutes les images.
Et soudain, un autre souvenir. Lui, enfant, sous la
couette, à côté de son frère – tous les deux jeunes,
très jeunes, dans la même chambre que leurs parents.
Ils faisaient semblant d'être endormis, têtes enfouies
sous l'édredon, mais les yeux collés contre une fente
pour convoiter dans l'obscurité les ébats amoureux
de leurs parents. Parmi les quatre-vingt-quatre *asanas*, il en trouva une, une seule, qui correspondait à
ce qu'il voyait ou croyait voir de sous la couette où
le seul bruit qui lui parvenait était les frottements
des étoffes. Pendant longtemps, les froissements de
tissu lui évoquaient les chuchotements amoureux et
le mouvement des chairs.

Le souvenir de ses parents le troubla davantage. Le chassa de l'échoppe. Regard rasant le sol.

Il maudit ces instants-là. Il faisait aussi froid qu'aujourd'hui; et lui, écrasé sous le poids des souvenirs, anesthésié par le temps. Lorsqu'il arriva chez lui, tard, Shirine dormait déjà sous le *sandali*, silencieuse. Lui, fiévreux, ne put fermer l'œil de la nuit, ne pensant plus à ses parents, mais à Shirine, à ses délires somnambules en hindi. Est-ce que Lâla Bahâri lui avait aussi montré ce maudit livre des *asanas*? Est-ce qu'elle se livrait à ce genre d'ébats avec lui? Ou avec Dawood? Soudain, le doute. Soudain, l'honneur perdu. Soudain, l'amertume, la rage.

Le lendemain, il ne travailla pas. Il guettait. Retiré discrètement dans une maison de thé qui se trouvait de l'autre côté de la place, il surveilla toute la journée, tant que la lumière le lui permettait, Lâla Bahâri, son échoppe et l'arrivée de Shirine. Mais impossible de distinguer sa belle-sœur au milieu de toutes ces fans voilées qui défilaient. Le soir, il rentra tard, se recueillit silencieusement dans un coin, ferma l'œil sans avoir sommeil. Il sentait que son intérieur se vidait de quelque chose d'incompréhensible, d'innommable. Est-ce que son cœur se vidait de son sang? Son ventre, de ses tripes? Ses poumons, de l'air? Impossible à savoir. Impossible à décrire. Impossible à apaiser. Il se sentait comme un tronc d'arbre arraché, asséché, bon à consumer. Était-il malade? Sans doute. Il demeura ainsi jusqu'à ce que Shirine lui mette la main sur le front.

## 19

« *Be happy with my* monsonges, *because* la vérité *is harder* », ces mots, tracés sur un bout de papier, tremblent dans tes mains. Tu les relis plusieurs fois. Le sens de la phrase t'échappe ; tu doutes ; tu te traduis la phrase, mot à mot, silencieusement, en persan. Tu la répètes. Voix feutrée. Une devinette ? Sans doute. Sinon, elle n'aurait pas écrit en deux langues, sans mettre autre chose, même pas ton prénom ; elle ne serait pas passée au *Bord d'eau* seulement pour déposer le papier et repartir, sans te voir. Nuria n'est pas une fille de demi-mesure. Si c'était sérieux, elle serait venue te dire ces mots de vive voix, les yeux dans les yeux. Oui, c'est bien un jeu, elle aime bien jouer, surtout avec les langues. Aussi bien en anglais qu'en français, elle est habile.

Ton regard balaie la salle, aucune trace d'elle. Tu vides ton verre de bière.

Il y a certainement une erreur, cette feuille est destinée à quelqu'un d'autre. Tu te lèves, vas au comptoir, demandes si l'enveloppe t'est vraiment destinée à toi, Tom. Il n'y a aucun doute, affirme le barman, une jeune fille est passée vers dix-sept heures, a déposé l'enveloppe au nom de Tom. C'est évident. Tu vérifies l'écriture, c'est la sienne, avec de jolies courbes, sensuelle, presque de la calligraphie persane. Nulle lacune. Sauf une, l'orthographe, que tu n'as pas remarquée à la première lecture, le mot mensonge est écrit « monsonge ». Ce genre de mot d'esprit, surtout avec une erreur, ne peut venir que d'elle, c'est pourquoi elle t'a écrit ce mot en français. Mais qu'est-ce qu'elle veut te dire? Elle va te l'expliquer tout à l'heure, « sois coooool! », comme elle te le répète souvent pour te rasséréner. En attendant, tu commandes une bonne bouteille du vin qu'elle aime, du bordeaux, grand cru.

Tu jettes un regard autour de toi. Tu as l'impression de connaître tout le monde. C'est normal, tu venais souvent ici, surtout à cette heure-ci – l'heure du *gezelling* –, avec tes clients, qui adoraient le nom et l'esprit français de l'établissement. Toi, tu aurais évité les canaux, comme tu fuis la mer, la piscine...

tous ces endroits aquatiques où, depuis la mort de ton père, tu sens sous ta peau, même en été, une étrange sensation de morsure du froid. Aujourd'hui te voilà assis devant les eaux du canal, sous les averses. Sans crainte aucune.

Le serveur t'apporte le vin, que tu goûtes d'abord avec tes gestes d'œnologue amateur, presque risibles. Tu savoures et te laisses emporter par le spectacle des ondées sur la surface trouble du canal, te rappelant ce poème-là, ou cette chanson, que Nuria te récite quand il pleut ; une manière, dit-elle, d'apprivoiser la météo amstellodamoise :

*Au fond d'elle*
*Chaque goutte de pluie*
*Ramène sur cette terre basse*
*Un mot*
*Perdu dans le ciel.*

Tu fixes la fenêtre ruisselante de mots. Longtemps. Comme pour y trouver les vocables qui te révéleraient le sens du message de Nuria : « Contente-toi de mes *mensonges*, car *la vérité* est plus dure. » Elle ne te l'a jamais dite, cette phrase. Le jeu, en revanche, lui ressemble. « Tu es dans mon songe » – elle te l'a dite souvent, cette phrase que tu n'as jamais su comment interpréter à cause de

173

son accent. La première fois qu'elle l'a prononcée, ça t'a secoué, tu as cru qu'elle avait découvert tout ce que tu lui cachais, tous tes boniments. Mais cette fois, dans cette phrase, le mot est trop chargé. Il te condamne à l'incertitude d'avoir réellement vécu une histoire d'amour avec Nuria. Tu te demandes si tu n'existais vraiment que dans ses songes à elle. Tu doutes de ton corps dans le monde.

Un courant d'air froid effleure ta peau. Tu bois une bonne gorgée de vin pour faire disparaître la pensée glaciale. Contrarié, tu détournes ton regard vers l'intérieur du bar. Et soudain, rien n'est comme tout à l'heure. Une sensation d'étrangeté s'empare de toi. Tu as l'impression que c'est la première fois que tu es là, dans ce bar, à Amsterdam.

Du vin !

Tu vides le verre, regardes ta montre, il est 18 h 30, et Nuria n'est toujours pas arrivée. Tu consultes ton téléphone, aucun message, aucun appel manqué. L'appeler ? Mais où ? Le musée est fermé à cette heure-ci. À l'atelier, personne ne répond. Tu insistes, en vain. De moins en moins patient, tu verses encore du vin dans ton verre ; tu bois, sans te délecter de ton grand cru. Tu observes le bar, détailles chaque silhouette, chaque visage ; tu te lèves pour aller aux toilettes, vérifiant les tables, la terrasse, l'entrée. Aucun signe d'elle. Tu descends au sous-sol, vas aux toilettes. En pissant tu te dis qu'elle pourrait arriver pendant ce temps-là, et repartir en ne te voyant pas. Tu finis vite, tu remontes, espérant retrouver l'univers que tu connaissais il y a encore quelques instants, voir Nuria assise à ta table, t'attendant devant un verre plein.

Tous tes désirs suspendus s'évanouissent dans le brouhaha du *gezelling* méconnaissable. Personne de déjà vu, rien de déjà vécu. Toujours le même sentiment de vivre un instant irréel dans lequel tu n'existes plus. Il y a encore quelques minutes, tu faisais partie de ce monde, tu étais *l'homme qui attendait*. Là, tu ne sais plus où tu es, tu ne comprends plus ce que tu fais. As-tu perdu la mémoire? As-tu changé de monde? Tu cherches ta table, ton verre de vin, vide, ton manteau, ta mallette, ton parapluie... Ils sont tous là, l'air abandonnés, délaissés. Tu t'assieds, reprends ton portable, réécoutes ta messagerie. Toujours rien. Sans grande envie, tu te remets à boire pour revenir au monde auquel tu appartenais.

En réfléchissant où chercher Nuria, tu te rends compte que tu ne connais dans cette ville aucun de ses proches. Nuria ne t'a jamais soufflé son adresse – sous prétexte qu'elle partageait son appartement avec deux filles qui n'aimaient guère voir les gens y venir, que c'était loin, etc. Tu la soupçonnais toujours de te cacher une partie de sa vie, comme toi la tienne. Toi non plus tu ne l'as jamais fait entrer dans ta vie intime et familiale, c'est pourquoi tu n'insistais jamais pour aller chez elle. Ainsi, vous étiez quittes. Mais aujourd'hui, tu regrettes. Tu aurais dû louer un appartement ici, pour l'accueillir, ou même l'héberger, voire l'installer chez toi. Tu ne l'as pas fait. Tu as eu peur de quoi?

Tu ne sais pas.

Tu ne sais plus.

Le bar devient de plus en plus bruyant, tu reprends tes affaires, vas au comptoir, paies et sors. Le ciel est aussi hésitant que toi. Les nuages partent et reviennent.

Tu prends le quai qui te conduit vers le musée Rembrandt. Il faut traverser trois ponts.

Tu y es, mais tout est fermé.

Il faut passer à l'atelier, deux rues plus bas.

Tu y es, mais tout est éteint.

Un grain, plus violent que tout à l'heure, sème la panique dans la foule. Tu peines à ouvrir ton parapluie, cours pour te réfugier sous le paravent d'un magasin, et attends. Ton regard tombe sur l'enseigne du coffee-shop *Blue Bird*, là où Nuria t'a emmené une fois, lors de votre troisième rencontre, inoubliable. Pour toi, une première occasion d'aller dans un endroit pareil, même si tu venais depuis deux ans dans cette ville. D'ailleurs, tu n'avais jamais fumé de cigarette ni de marijuana, ni quoi que ce soit. C'était après un bon dîner. Bien avinés, vous marchiez au bord des canaux. Elle t'avait demandé sans ambages ce que tu fumais, du hasch ou de la *marie-djân*. « Rien, avais-tu répondu.

– Un Afghan qui ne fume pas ? Ça c'est original !

– Encore un cliché sur les Afghans...

– Et alors ? Tu as peur du cliché ? » Une question comme un clin d'œil à ta théorie de la banalité. Nuria t'a pourtant permis d'exposer encore une fois ton couplet sur le sujet, jusqu'à ce que vous arriviez devant le coffee-shop. Elle t'a tiré vers l'intérieur. Vous avez emprunté des escaliers, dont les murs étaient peints d'une scène étrange, à dominante verte et bleue ; une branche végétale aux fleurs en forme d'embryons non pas d'enfants, mais d'adultes.

177

Puis une forêt bleue, avec quelques animaux sauvages. Ambiance Pink Floyd. À l'étage, Nuria est allée directement au bout du comptoir, embrasser Rospinoza, une dame française, sans âge. Un long visage en forme d'olive, mais décharné ; les yeux perçants de hibou, le nez d'aigle. Assise sur un tabouret, toute vêtue de noir, coiffée d'un grand tichel noué derrière la nuque, une longue cigarette aux lèvres. On l'aurait dit sortie du décor. D'après ce que t'a raconté Nuria plus tard, c'était une poétesse, appréciée et publiée très jeune. Et très jeune aussi, elle s'était mariée avec un critique littéraire. Son époux jalousait son intelligence, sa présence, son élégance, au point de lui interdire non seulement de se maquiller, de parler avec des hommes, mais aussi de s'exposer dans les médias et de voyager seule. Un jour, elle était partie sans le prévenir, en lui laissant une adresse à Amsterdam, où il pourrait la retrouver s'il voulait vivre avec elle. Peu après, son mari était arrivé dans le Quartier rouge, devant une vitrine où Rospinoza, belle comme toujours, s'exposait. Elle lui a fait signe, mais un autre qui l'observait est entré avant lui, qu'elle a mis à la porte, bien sûr, dès que son mari est reparti. Elle est restée vivre à Amsterdam, étudier la philosophie, par pur plaisir, sans chercher à changer le monde.

Il faut donc y retourner. Tu trouveras soit Nuria soit Rospinoza.

Ou les deux.

## 20

À chacun sa senteur d'hiver. Shirine en a deux, le parfum de la cannelle saupoudrée sur le *halim*, et l'odeur du pain chaud. Yûsef y ajoute une troisième, la sienne, le fumet de chorba de tête et pied de mouton. Sans ces parfums, l'hiver ne serait pas encore là, même si Kaboul était couverte de neige. Maintenant, avec l'argent qu'il gagne, il peut leur offrir les trois.

Ses pas se pressent vers l'échoppe du cousin du mullah, dont la devanture est déserte. D'habitude, il y a du monde à cette heure de la journée. Le voyant arriver, le patron quitte le comptoir et se rue vers lui pour se plaindre : « Il nous manque de l'eau, beaucoup d'eau ! Tout le monde a faim, tout le monde a soif. Je te donnerai tout ce que tu veux si tu m'apportes de l'eau immédiatement », lui promet le patron. Par-dessus ses épaules surgit la tête de son cousin, le mullah, qui demande discrètement à Yûsef s'il a apporté de l'eau chez lui.

« Je suis passé chez toi, personne ne m'a ouvert la porte !

– Passe cet après-midi, j'y serai. »

Yûsef hoche la tête, promettant d'y revenir.

« Qu'il se grouille ! » lancent des voix à l'intérieur de l'échoppe.

Le porteur d'eau court vers la source, oubliant les cinq foyers qui l'attendent. Il veut apporter chez lui les senteurs de l'hiver avant que Shirine ne quitte le *sandali*. Les autres, qu'ils crèvent !

Il court sans s'arrêter,

sans répondre aux demandes,

sans faire de promesses…

Arrivé devant la grotte, il ne voit pas le chien de garde. Il le cherche du regard, et siffle. Le chien sort de l'antre. Il a raison, il fait chaud dedans.

Yûsef descend dans la source,

remplit son outre,

retourne à l'échoppe et prend les deux gamelles, halim et chorba, que le patron lui offre.

Les bras pleins de senteurs, les pas précipités malgré la fatigue, il se dirige vers la maison. Pour ne pas croiser les regards désespérés et suppliants, il fixe ses pieds, compte ses pas. Après six cent vingt enjambées, il se trouve devant le portillon de sa demeure. Il voulait pourtant acheter quelques *Salem*, mais les parfums qu'aime Shirine l'emportent sur l'odeur du menthol. Tant pis.

Il entre dans leur logis. Le *sandali* est vide, aucune forme menue sous la couverture. « Shirine ? » demande-t-il d'une voix douce. Pas de réponse. Elle a sans doute encore été convoquée par l'abject Dawood, ou par sa femme. Il dépose les gamelles et son outre, va chercher Shirine chez Nafasgol. Il retrouve la patronne dans la cuisine, comme un fantôme corpulent dans un nuage de fumée et de vapeur. Sans se retourner, elle lui demande de commencer par remplir le réservoir d'eau dans la salle de bains – et d'une voix sarcastique elle poursuit : « Dawood *âgha* doit faire ses ablutions pour se purifier !

– Je n'ai pas apporté d'eau. »

Elle tourne la tête et fixe à travers la fumée le porteur d'eau, silhouette voilée dans l'embrasure de la porte, comme pour lui demander pourquoi alors il est venu.

« Je suis venu chercher Shirine », dit-il. Nafasgol reprend sa tâche, et lui dit : « Va demander à
Dawood *âgha*. »

Demander à Dawood ?! s'étonne Yûsef. Mais
pourquoi ? La question le rend fébrile. Il traverse le
couloir en scrutant les coins et recoins de la maison.
Rien. Aucune trace d'elle. Il frappe à la porte de la
salle de bains que Dawood lui ouvre, torse nu. « Ah,
je t'attendais.

– Je cherche Shirine.

– Tu la cherches dans la salle de bains ?! Tu
as apporté de l'eau ? » Yûsef fait « non » ; Dawood
referme la porte immédiatement : « Alors, grouille-
toi ! »

Interdit, Yûsef reste quelque seconde à sa place,
puis retourne à la cuisine et interroge à nouveau
Nafasgol : « Où est Shirine ? » Elle se redresse et
d'une voix ferme dit : « Je l'ai mise à la porte. » Il
hausse le ton : « À la porte ?... Mais pourquoi ?

– Tu n'as qu'à le lui demander à elle ! » répond
Nafasgol, en se retournant vers le four. Rien de plus.
Le silence. Yûsef reste quelques instants sur le seuil
de la cuisine, ne sachant quoi dire, quoi faire.

Ivre de rage, il quitte la cuisine, le couloir et
regagne leur chambre, qu'il trouve soudainement
vide, froide, dévastée. Toutes les fleurs de la couette

couvrant le *sandali* lui paraissent fanées. Les senteurs de l'hiver n'embaument plus ; elles l'écœurent.

Shirine est partie avec ses pauvres affaires. Mais elle a quand même laissé le foulard en soie qu'il lui a offert. À moins qu'elle ne l'ait oublié. Non, elle ne peut pas l'oublier. Elle tient beaucoup trop à ce foulard pour le laisser comme ça et partir. Elle l'a laissé pour qu'il le lui apporte. Elle l'attend.

Shirine attend Yûsef ! Soudain il panique, tremble.

Mais où ?

Il sort, mais avant de quitter la maison, il revient sur ses pas pour reprendre son outre. C'est son bouclier.

Une fois dans la rue, il reprend son souffle, de plus en plus court, bruyant, haletant. Reste un moment dos collé au mur. La rue est déserte. Les quelques passants qui le croisent ne se parlent pas, ne lui réclament pas d'eau. Il ne voit qu'une lassitude désabusée sur les visages et dans le paysage.

Il prend le chemin de la maison des parents de Shirine, de l'autre côté de la montagne *Kafir Koh*. Il marche, le regard traînant sur le sol, sans doute à la recherche des pas de sa belle-sœur.

Que lui est-il arrivé ? Était-ce si grave qu'elle n'ait pas pu l'attendre à la maison ? Nafasgol a sûrement dû les surprendre, Shirine et son mari impie. D'où le ton si sarcastique quand elle parlait du bain de Dawood. Yûsef lui rendra la monnaie de sa pièce, c'est sûr. Mais il faut d'abord qu'il retrouve Shirine. Elle lui dira tout.

Un chien errant se rue vers lui, interrompant sa course. Il le chasse avec sa canne et presse le pas sans prêter attention au cri du muezzin qui appelle à la prière de l'après-midi, et sans prendre garde aux patrouilles des Talibans. Un pick-up s'approche à toute allure, ralentit à son niveau et, le temps qu'il se tourne, un cri s'élève : « Kafir! Va à la mosquée!», suivi d'un coup de fouet sur son dos. Protégé par son outre, il ne sent rien. La voiture s'en va, soulevant la poussière, qui tourbillonne autour du porteur d'eau.

Yûsef se met à courir mais pas en direction de la mosquée. Il prend la rue qui le conduit vers le col de Bâghbâlâ, où il prendra un bus ou un taxi pour aller chez les parents de Shirine.

Arrivé devant leur maison, il s'arrête pour reprendre son souffle, calmer son cœur qui bat à tout rompre et réfléchir à ce qu'il va dire et faire.

La dénoncer à la famille?

Sera-t-il capable?

Toujours les mêmes incertitudes.

Toujours les mêmes craintes.

On enterrerait Shirine vivante.

Raouf, le frère de Shirine, s'emportera contre Yûsef qui n'a pas pu veiller à la chasteté de leur *nâmous*. Il l'obligera à venger l'honneur de la famille, à tuer Dawood, sinon il s'occupera lui-même d'eux trois.

La dénoncer aux Talibans?

Dawood se ferait pardonner, mais pas Shirine. Yûsef la perdra. Et avec elle, tous ces petits moments de vie qui l'enchantent depuis quelque temps, comme rester sous le *sandali*, attendre qu'elle se réveille, chercher son odeur de pain, contempler le spectacle de sa mèche rebelle, humer le parfum de musc qu'elle achète chez Lâla Bahâri. Sans Shirine, il ne serait pas Yûsef, mais seulement un porteur d'eau, un porteur d'eau eunuque!

Que faire?

Rentrer à la maison.

Et attendre.

Il s'éloigne de la porte, mais une voix le cloue sur place. « Yûsef? » C'est Raouf, le frère de Shirine, qui revient de la mosquée. N'importe qui mais pas lui! Ils se saluent et se taisent. Yûsef ne veut pas l'interroger, lui, pour savoir si Shirine est là. Il n'aime guère la manière dont il parle d'elle. Mais c'est Raouf qui, le guidant vers l'intérieur, lui demande des nouvelles de sa sœur. Une question inhabituelle de sa part, qui lui apprend que Shirine n'est pas chez ses parents non plus.

Yûsef ment. Shirine est malade, enrhumée. Il est venu chercher un médicament, car la pharmacie est fermée. Blablabla.

Raouf lui parle de la destruction des Bouddhas, fier des Talibans : « Voilà une gifle au monde non musulman ! C'est... » Yûsef n'entend plus rien, ne dit plus rien. Il n'est qu'une ombre errante dans cette triste maison, à la recherche de Shirine.

La mère n'a pas de médicament non plus, mais un peu de fleur de *khatmi*, qu'il faut faire bouillir dans de l'eau ; ça lui fera du bien. Elle lui en donne une poignée, le rassure : il ne faut pas s'inquiéter pour Shirine : « La petite tombe malade quand elle ne veut pas travailler ; c'est une petite âme perfide ! » Puis, en le raccompagnant à la porte, en tête-à-tête, elle ajoute : « C'est gentil de t'occuper d'elle. » Elle baisse la voix. « Tu sais que Shirine était d'abord à ton nom ? » Yûsef la fixe d'un regard inquisiteur. Elle continue : « Oui, elle devait se marier avec toi ; elle était à ton nom depuis son tout jeune âge. Mais un jour, feu ta mère est venue demander sa main pour ton frère »

Que dit-elle ? se demande Yûsef. Elle délire.

De plus en plus abasourdi, Yûsef la laisse raconter ; puis il part, quitte la maison. Dehors, il reste hagard, planté comme une pierre gauchement sculptée au beau milieu de la rue déserte. Sans souffle.

Il est aussi perdu que Shirine.

Est-ce que Shirine sait qu'elle était au nom de Yûsef ? Et Soleyman ? Peut-être. Mais pas au début de leur mariage. Après. C'est sûr. C'est pourquoi il est parti. Sans dire un mot. Mais qui le lui aurait dit ? Pas leur mère, non. La mère de Shirine ? Certainement. Ou bien Shirine elle-même. Elle se serait trahie dans ses rêves. Elle aurait crié son nom à lui, Yûsef, pendant le sommeil. Soleyman l'aurait entendue. L'aurait soupçonnée. Et serait parti.

Shirine !

Où peut-il la retrouver ? Qu'il aille voir Lâla Bahâri. L'Hindou l'aidera.

Il reprend la route, craignant que Shirine n'ait été enlevée par l'armée d'Allah. Il doit la protéger, même si elle s'avilit avec Dawood ou avec Lâla Bahâri ou avec le soufi Hafiz. Désormais, peu importe. Quoi qu'elle fasse, elle restera sa famille, sa *nâmous*, sa dignité à lui, mais pas celle des autres. Oui, elle n'appartient qu'à Yûsef, et c'est à lui, seulement à lui, de décider de la vie ou de la mort de Shirine. Il se moque de ce que dirait cette bande d'hypocrites. Le voilà l'eunuque *bénâmous*!

Il vous empoisonnera, tous!

## 21

Les rues d'Amsterdam commencent à s'allumer pour les égarés comme toi.

Une heure que tu marches, sans hâte. D'un quai à l'autre, d'un pont à l'autre, dans l'espoir de retrouver Nuria. Tu reviens dans les endroits où vous vous promeniez souvent, vos lieux mythiques, comme ce quai où tu es maintenant, devant l'hôtel Prins Hendrik. Nuria avait voulu te montrer la plaque de bronze qui murmure au passant que l'on a découvert ici le corps de Chet Baker qui « continue à vivre dans sa musique, pour tous ceux qui veulent bien écouter et sentir ». Et elle retouchait la phrase : « dans la musique de son silence ». En fait, elle t'avait emmené ici pour te présenter un trompettiste noir qui, depuis la mort de son idole, s'était installé à Amsterdam, dans cet hôtel, pour jouer à l'endroit même les répertoires du *jazzman blanc*. Ce qui amusait Nuria, c'était l'histoire de ce disciple venu à Amsterdam pour s'y perdre comme Chet, mais que les canaux guidaient et ramenaient devant son hôtel à chaque fois, disait le musicien, ivre mort, une tige de marie-jeanne au coin des lèvres. Il soufflait la fumée dans son instrument « pour l'enchanter », disait-il. En effet, cette ville avec ses canaux qui s'étendent sur plus de cent kilomètres, ses mille cinq cents ponts qui relient environ quatre-vingt-dix îles, est faite de sorte que l'on ne s'y perd jamais ; sans doute ne viennent ici que les hommes perdus afin de se retrouver.

Tu te laisses donc guider par les eaux.

Elles te ramènent à nouveau devant le musée Rembrandt. Tu ris, en voyant l'enseigne lumineuse du coffee-shop Blue Bird. Voilà, la boucle est bouclée, te dis-tu, en t'avançant vers le *sâghikhâna*.

L'intérieur est aussi accueillant, aussi enfumé, aussi planant que la première fois. Musique toujours délassante, volatile – Portishead. Reprenant les abrupts escaliers en colimaçon, tu remontes à l'étage où un employé te tend le menu. Pour être court et simple, tu demandes un *pre-rol* d'Indica, et tu commandes aussi une bouteille de Coca-Cola. Au comptoir, tu jettes des coups d'œil dans tous les sens : aucun visage connu, sinon le vendeur, enfoui derrière la fenêtre du guichet. Il doit connaître Nuria, tu les as vus se saluer, s'embrasser très amicalement. Elle te disait que cet homme, avec ses cheveux longs et frisés, sa silhouette toute maigre, son regard, sa manière de bouger les mâchoires, lui rappelait les vieux acteurs français des films de cape et d'épée. D'ailleurs, il parle un français parfait. Impossible à oublier. Tu reviens donc vers lui, lui demandes s'il connaît Nuria, la jeune fille catalane.

« Nuria ? Une Catalane ? » L'homme réfléchit. « Mais avec tout ce monde qui vient ici, je ne peux pas retenir tous les noms, cher ami. » Tu la décris, donnes des détails. Après un court silence, l'homme te fixe bizarrement, puis te demande : « Tu parles de Nuria, la volupté du *noir afghan* ? » Non, fais-tu, réaffirmant : « Nuria est une perle catalane. » L'homme rit et lance : « Ah bon ?! », et se tourne vers un autre client, te laissant interloqué. Tu n'as pas d'autre choix que d'aller au fond de la salle, vers le tabouret où tu avais rencontré la première fois la fameuse Rospinoza. Tu demandes à la jeune fille du comptoir si elle est là. « Elle doit être là, oui, dans les parages », te dit-elle, en te passant la bouteille de Coca. Le coffee-shop n'est pas encore plein, tu cherches un endroit d'où tu puisses surveiller tous les coins, toutes les entrées et les sorties. Après une gorgée de boisson, tu hésites à fumer ; et tu t'interroges : « Nuria, une Afghane ? » Bien que tu ne veuilles même pas te poser la question, le doute se propage au fond de toi, comme du poison, te raidissant d'abord les nerfs. Tu grilles le joint, aspires une petite bouffée, et tousses.

Une gorgée de Coca. Une autre bouffée d'Indica, mais profonde.

Puis les pensées te submergent.

C'est donc ça, sa vérité. Une Afghane ! Mais comment ne pas t'en être aperçu le premier jour, lorsque tu l'avais embarquée dans ta voiture ? Pourquoi ne t'es-tu pas posé la question alors qu'elle avait deviné immédiatement tes origines ? Encore cette paramnésie ? L'impression ou l'envie d'avoir déjà vu Nuria t'a interdit de te demander d'où elle venait.

Depuis, tu as voulu plutôt croire en elle – en ses mensonges – qu'en tes doutes. Par crainte de la perdre. Tu fuyais tes propres origines, alors pourquoi s'inquiéter de celles des autres ?!

Son allure, son caractère, son aisance, tout ce qui te paraissait familier, n'était pour toi que le souvenir d'une rencontre que tu avais vécue par anticipation.

Tu n'imaginais pas être rattrapé un jour par ton déni, ni que tes origines deviennent ta destinée. C'est aussi cela le travail de l'exil.

Et Nuria, comme une fille de l'exil, avait sans doute les mêmes difficultés que toi.

Tu commences à comprendre pourquoi elle te refusait l'entrée dans sa vie, pourquoi ce mensonge sur l'ail de son grand-père en Catalogne, pourquoi elle connaissait tant de choses sur l'Afghanistan, pourquoi son intérêt pour la poésie persane.

Le sol tremble, tu perds presque l'équilibre. Tu te retiens à la table. Tous les mots, tous les n'importe quoi, toutes les fourberies poétiques avec lesquels tu la baratinais retentissent dans le coffee-shop, perturbent les effets du joint. Tu vois un rapace sortir de la fresque et se ruer vers toi. Tu bouges pour l'esquiver.

Impossible qu'elle soit afghane.
Quel crétin, ce Tom !
Quelle garce, cette Nuria !

Tom, tu ne veux plus l'être.
Tom, tu ne l'as jamais été.

Tom a été inventé, seulement pour vivre ce que Tamim ne pouvait pas vivre.

Tom n'était qu'un nom.

Un mot.

Un mime.

Un pantin.

Un double...

Tom peine à se mettre debout, il veut rentrer maintenant. Ses jambes ne bougent pas ; elles ne lui appartiennent plus. Il vide la bouteille de Coca. Il a l'impression que tout le monde le regarde, tout le monde le connaît, le reconnaît. Tom, le con. Tom, le ridicule. Il se voit sur une scène en train de jouer *Le Rêve d'un homme ridicule*.

Nuria connaissait Tom à l'avance. C'est pourquoi elle avait si vite deviné ses origines. Quelle comédienne ! Quelle magnifique comédienne !

« Bonjour, jeune homme ! », la voix douce de Rospinoza, debout derrière Tom. D'où est-elle sortie ? se demande Tom, complètement déstabilisé par cette apparition soudaine. Il répond bonjour, timidement.

« Où est la petite ? demande-t-elle.

– Nuria ?... Je ne sais. »

195

Elle hèle la fille du comptoir, lui pose la question. Elle ne sait pas non plus. « Elle passera sans doute tout à l'heure.

– Non, je ne crois pas qu'elle vienne aujourd'hui », dit Tom, en sortant de sa poche le papier de Nuria. Rospinoza le lit, sourit, regarde Tom. « Vous attendiez ce jour-là, non ?

– Oui, mais pas si vite. »

Rospinoza commande de l'herbe, de l'Amnésia C. Puis elle se retourne vers Tom. Des yeux dessinés au khôl, elle lui lance un regard pénétrant. Tom aspire encore une courte bouffée ; tousse et lui dit : « Mais pourquoi m'a-t-elle caché qu'elle était afghane ?

– Vous ne lui avez sans doute pas demandé si elle l'était.

– Mais elle s'est présentée comme catalane dès le premier jour. » Il se tait. « Enfin, d'origine catalane !

– Donc, vous ne lui avez pas posé la question ?

– Si vous voulez, mais peu importe. » Encore un silence, quelques secondes, pour se demander, en effet, pourquoi il ne s'est jamais douté de ses origines à elle. Par indifférence ? Ou parce qu'il ne le souhaitait pas ?

« Vous ne vouliez pas qu'elle soit afghane, alors inconsciemment vous avez choisi de croire à ses mensonges », lui dit Rospinoza, comme si elle l'entendait se poser la question.

« Vous la connaissez bien ?

– Ah, la petite Nuria, elle est insaisissable. C'est ce qui fait son charme. » Elle fume. « Je vais vous faire, jeune homme, une petite leçon de comptoir. C'est ce mystère que vous désirez, n'est-ce pas ? » Elle fume avec des gestes majestueux. Tom s'enfonce encore dans un long silence. Lui qui a tant voulu vivre autrement, ailleurs, dans une autre langue, dans un autre temps, sans lien avec ses racines, le voilà planté dans une étrange forêt verte et bleue, comme un vieil arbre coupé, dépouillé, mais dont la souche reste, quoi qu'il fasse, enterrée dans le sol d'origine. Il est condamné à vivre une même vie, *déjà vécue*. Ses postulats à propos de la banalité et de la duplicité, jusqu'à présent assez rhétoriques, prennent forme, deviennent une expérience existentielle. Qu'il s'en réjouisse, comme il doit se contenter des *monsonges* de Nuria.

Il se lève pour partir ; Rospinoza lui sourit. « En tout cas, c'est une belle histoire », dit-elle d'un air serein.

« Elle vous a beaucoup parlé de moi ?

– Comme toutes les filles amoureuses.

– Elle ? Amoureuse de moi ? » demande-t-il naïvement, tel un adolescent.

Elle ne répond pas tout de suite, aspire une longue bouffée de son joint et expire en parlant : « Savez-vous, jeune homme, quand et comment une femme est amoureuse ? » Tom redescend encore plus au fond de lui, feuillette l'album de ses conquêtes, mais il peine à esquisser le portrait général d'une femme amoureuse. Impossible. Chacune l'a aimé à sa manière.

« Et vous, aimiez-vous chacune d'elles telle qu'elle était ? » Cette question ébranle violemment Tom, à cause des répercussions avec ses propres interrogations, comme si, encore une fois, elle lisait dans ses pensées. Il en a presque peur. Il la dévisage, longuement. Elle, imperturbable : « Asseyez-vous, jeune homme, n'ayez pas peur, elle ne m'a rien raconté de compromettant sur vous et je ne suis ni spirite ni télépathe. J'ai simplement tout vu, tout vécu. Toutes ces histoires d'amour se ressemblent. Vous vivez. Quel est votre nom ?

– Tom. Plutôt Tamim.

– Donc, cher Tom – l'autre est compliqué, je risque de l'oublier, mais Tom est facile à retenir. Bon, cher Tom, je voulais vous dire que vous aussi, vous vivez une histoire toute banale. Un homme marié, avec enfant, rencontre une jeune fille, il se voit rajeunir, tombe amoureux d'elle puis entre dans le mensonge, la culpabilité, le dilemme. Fin de l'histoire.

– Mais elle était différente.

– Ah, vous l'aimiez donc seulement parce qu'elle n'était pas comme les autres. Vous ne l'aimiez pas comme elle était.

– Si! Je dirais : les autres n'étaient pas comme elle. Non pas qu'elle soit originale. Mais originelle.

– Ce mantra, *avec elle c'était autre chose, elle était unique*, veuillez me pardonner ces lieux communs, on les ressert à chaque fois, à la fin de chaque histoire, n'est-ce pas? À chaque rencontre amoureuse, on crie : c'est du *jamais vu*! Et pourtant on connaît la chanson. Bien sûr, c'est l'alchimie de l'amour que de faire vivre une histoire rebattue comme *jamais vécue*! De faire voir l'autre comme une personne unique, authentique, originelle, même dans toute sa banalité! » Tom veut sauter de joie, la prendre dans ses bras, l'embrasser et crier : « Bien sûr, c'est ce que je voulais entendre. » Mais le rire ironique de Rospinoza le lui interdit : « Quelle idée hypocrite de l'amour! Vous ne croyez pas? »

La joie de Tom reste suspendue. Elle continue : « À vous de choisir, répéter les mêmes mots, les mêmes gestes, les mêmes sensations avec différentes personnes, ou bien changer de mots, de gestes, de sensations, avec une même personne. Vous préférez, je suppose, la première situation. Non? » Il acquiesce; elle poursuit : « Alors, il y a quelque chose qui reste toujours inachevé dans vos idylles, cher ami. » Cette remarque secoue Tom. En effet, il n'a jamais eu l'audace d'aller jusqu'au bout de ses romances. « Elles ont toutes été suspendues.

– Comme pour ne pas disparaître complètement.

– Peut-être. Mais je voudrais revivre pour rattraper à travers Nuria toutes mes amours ratées.

– Ou pour répéter les mêmes les erreurs.

– Non !

– Cher Tom, vous êtes bien conscient que l'on ne répète que ses erreurs, jamais ses perfections. » Tom la regarde longuement, silencieusement, de plus en plus déstabilisé. Pour le réconforter, Rospinoza reprend : « Aucune histoire d'amour n'est ratée. Ou alors elles le sont toutes. » Une pause méditative, une bouffée de *marie-djân*, une gorgée d'eau, puis : « Elles ne sont qu'inachevées. »

Enchanté de ce qu'il vient d'entendre, Tom se surprend à saisir les mains de Rospinoza et les baiser, quand un homme, d'origine africaine, vient la saluer. Ils s'embrassent, se parlent, abandonnant Tom de plus en plus attiré par cette étrange dame dont lui parlait si souvent Nuria, sa meilleure disciple. Il entend de sa bouche exactement les mots qu'il aime, les pensées auxquelles il croit. Mais elle les expose avec ironie. Il soupçonne Nuria de lui avoir tout raconté de leurs échanges.

Il s'évertue à revenir à lui-même, à se ressaisir, pour partir d'ici, de cette ville, et tout oublier.

Impossible.

Son corps est devenu le centre de gravité de ces terres basses, tout s'y accroche, tout lui incombe, tout l'écrase.

## 22

Le soleil se couche aussi, devenant la lune dans les rêves des Kaboulis, mais pas dans les songes du porteur d'eau, dévasté par la disparition de Shirine. Assis au bord d'une rue, il fume enfin une Salem achetée sur sa route. La fumée sort de sa bouche et se perd dans la brume poussiéreuse du crépuscule s'obscurcissant, et avec elle tout l'espoir de Yûsef.

Lui a encore besoin du jour, de la lumière du jour. La ville va bientôt sombrer dans le noir absolu, engloutissant l'ombre fragile de Shirine. Il lui reste encore du chemin à parcourir pour arriver chez lui ou aller demander de l'aide à Lâla Bahâri.

Il se lève, se précipite. Regard triste et inquiet, il cherche sans cesse dans les rues nébuleuses une petite silhouette cachée sous le *tchadari*, tel un fantôme bleu. Aucune âme perdue, sauf lui.

Il a froid.

Il reprend sa route. L'œil et l'oreille aux aguets. Le moindre éclat de voix, un faible et lointain bruit de pas, un infime soupçon de mouvement paralysent ses jambes. Il s'arrête, fouille du regard tous les coins et recoins. Puis repart, s'imaginant croiser une forme menue, comme celle de Shirine, qu'il appellerait; et elle s'arrêterait, enlèverait son voile. Ses yeux en amande, noyés de larmes, le fixeraient; ses lèvres charnues mais sèches tenteraient de s'ouvrir pour dire quelque chose. Yûsef la prendrait dans ses bras, la serrerait, la mettrait sur ses genoux. Comme dans son rêve, au bord de la source, lorsqu'elle se lavait. Dans lequel il avait effacé le visage de Shirine. Il ne voulait pas que ce soit elle, nue, dans ses étreintes. Maintenant, il ose reconstituer ce rêve avec le corps et le visage de Shirine. Il n'en a plus honte. Sa famille à elle avait raison : Yûsef a tout droit sur elle, même sur sa *source vitale*! Mais pas sur sa mort. Non. Il n'en veut pas. Il la veut vivante, dans ses bras. Il lui pardonnera tout, lui dira que rien n'est grave, que tout ira bien, qu'ils reprendront leur vie depuis le début. Il lui fera des enfants, maintenant qu'il le peut, et il la chatouillera à son tour.

À leurs enfants, il apprendra un autre métier que le sien. Lui réalisera les rêves de son père. Aucun de ses enfants ne portera cette maudite outre sur le dos, il ne leur permettra pas de commettre la même erreur que lui : répéter la vie de son père. Qu'ils fassent leurs propres erreurs, peu importe.

L'appel à la prière du crépuscule arrache Yûsef à ses rêveries. Il est déjà sept heures du soir, et toujours aucune trace de Shirine. Il va prier dans une mosquée non par crainte des Talibans, mais pour implorer Allah de lui rendre Shirine. Il fera un sacrifice, un mouton, un gros ! Promis. À la fête de *Now rooz*, il amènera Shirine à Mazaré-Sharif, au mausolée d'Ali. Il donnera l'offrande à tous les pauvres.

Si seulement il la retrouve.

Il quitte la mosquée. Aucune envie d'entendre le mullah prêcher la destruction des Bouddhas. Il en a assez entendu ; il préfère d'ailleurs l'histoire que son père lui racontait à propos de ces idoles.

En reprenant ses affaires laissées dans un coin de la mosquée, il repense à cette légende et à sa vie. Shirine et lui vivent l'histoire même de ces idoles.

La voix de son père lui revient. Il se voit enfant, assis en tailleur face à lui, le regard fixé sur ses mains qui égrenaient un long chapelet à la même cadence que ses mots.

Yûsef avait presque oublié ces moments qu'il avait pourtant tellement aimés. Mais depuis la fatwa de Mullah Omar, tous ces instants resurgissent, l'histoire se reconstruit dans son esprit.

Ainsi racontait son père : *Il était, il n'était pas, un roi nommé Shâr. Un roi tyrannique qui, grâce à son armée de redoutables combattants – ignorant la pitié, la justice, la vertu –, régnait dans les hautes et riches vallées de Bâmiyân. Tous les soirs, il célébrait de somptueux banquets au bord du grand lac à la couleur d'azur, Band-é Amir, faisant venir les plus belles filles de son royaume pour qu'elles chantent et dansent pour lui jusqu'à ce que le soleil passe les cimes de la montagne Koh-é Bâbâ. Tout le monde lui obéissait, main droite sur le cœur – sinon, un seul mouvement de sourcil pouvait les faire décapiter sur-le-champ. Jusqu'à Sorkh Pahlawân. Ce brave héros, ce vaillant combattant de renom, mais rebelle, était si beau et si jeune que tout le monde le comparait à la tulipe sauvage du printemps dans les vallées. L'écarlate et l'éclat de son visage lui avaient valu le prénom de Sorkh. Il protégeait les pauvres sujets du royaume. Ce valeureux* pahlawân *avait comme voisine la plus belle et la plus audacieuse jeune fille des vallées* de Bâmiyân. *Blanche comme la lune dont elle tenait son prénom, Kheing Bigom, elle était sa protégée ; il la gardait loin des débauches du roi. Ils s'aimaient et attendaient le consentement de leurs familles pour se marier. Mais celles-ci attendaient l'approbation du roi, sans lequel nul amant ne pouvait contracter aucune union. Les familles ne réussirent à l'obtenir qu'après deux années de suppliques. Mais à une seule condition : c'était au roi de déflorer la mariée !*

*« Que le roi ose venir la chercher la nuit de nos noces ! » s'indigna le courageux amant.*

*Toutes les vallées du royaume se préparaient pour cette fête splendide et populaire, généreuse et joyeuse, comme pour défier les banquets du monarque. Et tout le monde était invité, bien sûr, sauf lui, le roi Shâr. Cachant sa colère, le tyran décida en secret d'envoyer toute une armée durant la nuit des noces pour saccager la fête, humilier les invités, pourchasser Sorkh Pahlawân, et lui ramener la mariée.*

*En pleine euphorie, alors que tout le monde dansait, quelqu'un vint prévenir Sorkh Pahlawân. La grande armée impitoyable s'approchait. Les amants se sauvèrent et trouvèrent refuge dans les grottes de la montagne de Koh-é Bâbâ. Mais les farouches combattants du roi les retrouvèrent. Le couple valeureux se défendait avec hardiesse. Le roi détacha alors une phalange encore plus féroce contre les jeunes époux. Le Démiurge, ayant pitié des deux amoureux, les pétrifia à même la montagne pour en faire deux éternelles idoles, l'une rouge et l'autre blanche, que l'on nomme Sorkh But et Kheing But. Seuls leurs yeux lumineux vivaient encore, pour voir le monde jusqu'au jour de l'apocalypse. Aussi, comme deux petits soleils, éclairaient-ils la nuit toutes les vallées de Bâmiyân, guidant les égarés, illuminant les maisons, surprenant les bandits, surveillant l'armée royale. Alors le tyran donna l'ordre aux soldats de leur ôter les yeux. Depuis, tous les amants venaient rendre éternelles leurs amours en se réfugiant dans les grottes qu'ils creusaient à même la montagne autour de leurs idoles.*

Une fois la légende finie, le père se mettait à décrire longuement le beau et l'éternel sourire que les deux statues avaient gardé malgré leur destin tragique. « Ce sourire fait toujours fi des tyrans. Et aucun n'a pu l'effacer ! » concluait-il.

Sauf les Talibans, se dit Yusêf aujourd'hui tristement. Ils sont donc plus puissants que l'armée du roi Shâr !

## 23

Tamim ne peut se débarrasser de Tom si promptement. Même en étant son créateur. Tamim n'est pas suicidaire. Il n'est pas un assassin. Et il n'est pas en Afghanistan. Il est là, Tom, et il restera en lui, qu'il le veuille ou non. Maintenant, Tom a le droit d'exister. Tamim a vécu plus de quinze ans avec lui, en lui, avec son nom. Depuis sa naturalisation en bon citoyen français. Tom est devenu sa nymphe empaillée. Mais aussi un témoin.

Une vie sans témoin, sans récit, est une vie jamais vécue.

Avec lui et à travers lui, Tamim vit ses rêves, ses désirs, sa liberté, son présent… Sans Tom, Tamim resterait Tamim, un Afghan exilé qui n'appartient pas au monde dans lequel il s'est réfugié, mais à son passé, à sa terre natale, à sa famille. Il ne peut donc abandonner Tom tel qu'il est maintenant, un homme seul, dévasté. C'est d'ailleurs Tamim, qui a creusé l'abîme. Qu'il l'aide à exister de nouveau. Même comme un beau souvenir dans un conte.

Désormais, c'est Tamim qui est son témoin, c'est à lui de raconter pour que Tom puisse vivre.

Tom préfère rester au Blue Bird, et attendre. Il espère toujours retrouver Nuria, même si leur histoire est finie ; il aimerait entendre cette rupture de ses lèvres. Il aimerait vivre la rupture. Car c'est à cet instant que les masques tombent, les visages se révèlent et se découvrent différents.

Il s'approche de plus en plus de Rospinoza. Ils se parlent. Ils parlent d'une absence, d'un vide qui lentement se remplit de mystères, de mensonges, de malentendus.

« Est-ce qu'elle se prostitue ? » demande Tom, brusquement. Rospinoza se déride. « Absolument pas !

– Mais pourquoi alors me mentir ? Elle se moquait de moi...

– Non, elle ne se foutait pas de vous. Elle commençait même à s'attacher à vous. Mais cela lui faisait peur. »

Peur?

De qui? De quoi?

Pourtant hier, quand Tom l'a appelée pour lui annoncer qu'il avait décidé de s'installer à Amsterdam, elle a crié de joie, pas de peur. C'est ce qu'il espère. Il sollicite sa mémoire confuse pour qu'elle lui restitue des instants, des mots oubliés qui auraient trahi Nuria.

Rien.

Rospinoza le regarde, longuement, silencieusement, la fumée porte sa voix douce et sage : « J'avais un oncle qui était rabbin, mais après la Seconde Guerre, sauvé miraculeusement des camps de concentration, il a perdu la foi. À ceux qui lui demandaient le secret de sa survie dans les camps, il répondait par sa devise : à peine nés, nous portons en nous un secret que nous-mêmes ne connaissons pas. Ceux qui cherchent toute leur vie à le percer sans y parvenir espèrent le connaître après la mort. Certains l'ignorent ou le renient tout simplement. D'autres le préservent en eux, tel qu'il est, insondable ; ils le gardent comme un talisman, sans savoir ce qu'il contient, mais conscients qu'il leur permet de survivre. » Un silence. Puis : « Nuria appartient sans doute à cette dernière catégorie. Si vous vous empariez de son secret, vous la perdriez à jamais. » Tom lâche un rire triste, en disant que de toute manière, même sans connaître son secret, il l'a perdue.

« Vous êtes sûr ? » lui demande Rospinoza. Il hausse les épaules. Elle continue : « Vous la portez en vous, elle vivra en vous », en lui frappant doucement la poitrine du dos de sa main. « Laissez-la rester en vous, tel un mystère. C'est plus beau. » Une profonde taffe, dont la fumée cache ses lèvres souriantes à Tom.

Nuria restera-t-elle en lui avec tous ses mensonges ? Tom en doute. « Mon cher, un secret sans mensonge, ça n'existe pas ! Elle ne vous a pas menti pour vous trahir, vous ; mais pour ne pas trahir son secret. » Mais son secret d'être afghane est dévoilé ; elle n'existera donc plus pour lui. La partie de jeu est finie. Sans aucun gagnant. « *Nous sommes tous perdants, il n'y a que les salauds qui se croient gagnants*, comme dit l'autre. Ce n'est pas à moi de vous l'apprendre, cher ami. Même dans l'amour, tout est jeu, non ?... » Il n'entend plus Rospinoza. Il est emporté soudain par un souvenir que Nuria aimait tant. Un souvenir lointain à l'origine du postulat de Tom sur le jeu. Ça commence par une phrase de sa mère : « Votre père était l'homme le plus honnête de la planète », en ajoutant après un petit silence plein d'une ironie désespérée : « Sauf dans les jeux de cartes ! Il aimait toujours tricher, même s'il n'en avait pas besoin ! » Sur l'écran de ses souvenirs Tom a toujours une image intacte de ces instants, ses parents assis dans la véranda de leur maison à Kaboul, nimbée de soleil, en train de faire une partie de cartes. Elle, sa mère, silencieusement en colère ; lui, son père, bruyamment joyeux, lançant des clins d'œil complices à ses enfants. Cela les amusait, croyait-il. Après une engueulade rituelle, sa mère jetait les cartes, abandonnant la partie. Peu après, elle les ramassait, se retirait dans un coin pour les consulter en catimini afin de connaître, sans doute, la suite de sa vie en compagnie d'un mari *tricheur* ! Son mari ne trichait pas seulement avec elle, mais avec ses copains aussi, lors des parties de *falâsh*, une sorte de poker indien. Il disait qu'il aimait tricher non pas pour gagner, mais pour ne pas perdre. Il jouait avec les mots. Car dans sa langue le verbe « jouer » a la même racine que le verbe « perdre ». Comme si la défaite relevait de l'essence même des jeux. Il faut tricher, dirait son père, pour que la félicité l'emporte sur la fatalité ! Même en amour. D'ailleurs il répétait que dans la langue persane, pour dire « faire l'amour », on disait *Ishgh bâzi*, jeu d'amour.

Tom le raconte aussi à Rospinoza, qui glose comme d'habitude sur tout ce que l'on lui raconte. Pour elle, c'est une évidence, nous sommes tous conscients que parmi tous les jeux, celui des cartes donne cette indéniable impression : être le maître de son sort, car c'est le joueur qui saisit les cartes dans ses mains, c'est lui qui les bat comme il veut, et les distribue tout en calculant, combinant les chiffres, les couleurs, les figures... Oui, tout pourrait laisser croire que l'on parviendrait à contrôler le hasard et à déjouer le *fatum*. Comme dans la mythologie des Indiens – qui auraient, semble-t-il, inventé les jeux de cartes. Les dieux hindous jouent fréquemment entre eux ou avec les hommes, et, de temps à autre, en enfreignant ou changeant les règles sans scrupule dans le but d'infliger aux joueurs des obstacles à franchir et de les mettre ainsi à l'épreuve...

Ce jeu de Nuria est peut-être aussi une manière de mettre Tom à l'épreuve, comme le ferait une déesse.

« *Jeu d'amour*, reprend Rospinoza, comme si elle se parlait à elle-même. J'aime cette expression. En effet, l'amour comme jeu a ses propres règles; il est autonome, sans cause extérieure, faisant fi de Dieu, de la société... Sinon, il serait une passion, avec les aléas que l'on connaît. » Une bouffée de joint. « Chez les juifs, comme chez les chrétiens, on pense que les ébats amoureux, c'est de la vanité. D'ailleurs dans notre langue aussi, on dit « tomber amoureux », on dirait qu'aimer c'est la Chute ! » Elle commande du thé à la menthe, puis s'adresse à Tom, de plus en plus écrasé par ce jeu d'amour et de mensonges avec Nuria, perdu dans la fumée de *marie-djân* qui sort de la bouche de Rospinoza, enveloppant ses mots enivrants. « Vos mensonges en disent long sur vous-même. Plus que toutes vos vérités. Si elle avait révélé son *afghanité*, comme vous dites, votre romance aurait tourné court avant même de commencer. Au contraire, cette histoire banale existe désormais comme une belle aventure, un récit, une légende... Ainsi les mythes deviennent éternels. Et Dieu lui-même. S'il était une vérité, il serait mort il y a longtemps, bien avant que Nietzsche ne le tue. » Après une bonne gorgée de thé à la menthe, elle reprend : « Oui, si Dieu n'était pas mensonge, il serait détruit comme vos deux Bouddhas. » Cela dit, elle tire une longue bouffée sur son joint, puis l'expire, voilant son visage et son regard fixé sur Tom. « Si je suis là, vivante devant vous, c'est aussi grâce au mensonge de mes aïeux qui appartenaient à la secte de Sabbatai Levi, les Döhrmeh, les juifs qui feignaient d'être musulmans pendant des siècles, pratiquant dans la clandestinité leur vraie foi. Moi, je descends d'eux. »

L'histoire de la survie de Rospinoza se perd dans les plaies invisibles de Tom, dans les blessures de son orgueil. Il pense aux poèmes ridicules qu'il récitait à Nuria, à ses prétendues traductions. Peut-être comprenait-elle tout ? Mais ces supercheries ne la contrariaient pas ; au contraire, elles l'amusaient.

S'il devait la revoir, il ne saurait plus comment la regarder, quoi lui dire...

Il se lève encore une fois pour partir, mais la tête lui tourne. Il tangue. Rospinoza le rattrape. « Ça va, jeune homme ? » Il fait mine d'être serein, mais ses yeux comme tout son corps le trahissent. Elle l'empêche de partir et l'invite à s'asseoir, puis lui commande un jus de citron. Tom s'assied et se tient la tête dans les mains : « J'ai la tête qui tourne.

– C'est pour cela qu'on vient à Amsterdam. Ne vous inquiétez pas. Ici, nous sommes tous des derviches tourneurs ! » dit-elle en dessinant avec sa main qui tient le joint un cercle dans la fumée. Tom esquisse un sourire et pense à voix haute : « Je suis vraiment un homme... *sar-gardân*. » Il rit de lui-même, sans se rendre compte que Rospinoza ne comprend rien de sa langue.

« Vous êtes quoi ?

– *Sar-gardân,* répète-t-il. Littéralement tête tournante, pour dire "errant". Je suis *sar-gardân* en exil, *sar-gardân* au travail, *sar-gardân* en amour...

– C'est bien. Vous êtes plutôt un homme libre.

– Libre de tourniquer?

– Non. Libre de passer d'une étreinte à l'autre, d'un pays à l'autre, d'une langue à l'autre. Vous saisissez et vous vivez l'essence même de l'exil. Votre amour était un amour exilé, ni nomade, ni sédentaire, ni touriste, cher ami. » Encore des mots que Tom avait jadis entendus, sans doute de la bouche de Nuria. C'est sûr. Elle aussi définissait ainsi l'amour de Tom. Elle disait que lui, comme tous les hommes mariés qui cherchent une maîtresse, était un homme en exil de l'amour.

Aujourd'hui, elle lui aurait dit : « Mon Tom, tu es expulsé de cet asile de chair. Et condamné à retourner à ta terre matrimoniale. »

Quelle ironie!

## 24

Sous la lumière fade et froide de la lune, le porteur d'eau avance, fantôme fatigué, traînant dans une brume laiteuse. Tout lui pèse, sa canne de roseau comme son outre vide; même la poussière de la ville, la fumée des maisons; mais aussi ses mots, gelés en lui; ses doutes, son désespoir, jusqu'à son souffle qui à peine expiré devient une nuée glaciale qui s'accroche à sa barbe. Ses mains et ses pieds ne ressentent plus rien, ni le froid ni le chaud. Ils sont paralysés, son sang congelé. Oui, tout est lourd, lourd à briser les arcs de ses jambes, la voûte de son dos. De plus en plus courbé, il ne voit rien, ne regarde rien d'autre que les mouvements de ses bottes de caoutchouc; il cherche la dernière trace de ses pas sur la terre. Il peine à marcher.

Finies ses empreintes, espère-t-il.

Et il marche.

Au croisement de deux rues, une voiture s'arrête devant lui, un homme le supplie de lui apporter de l'eau, il a des enfants malades et assoiffés à la maison. Yûsef, engourdi par le froid, n'entend plus rien. Il a l'impression que la voix et les mots de l'homme, comme son souffle, se figent dans la brume glaciale dès qu'ils sortent de sa bouche. Mais il devine que le conducteur lui demande de l'eau. Il fait « non » de la tête et continue son chemin. L'homme descend de sa voiture, prend dans sa poche une liasse de billets et la lui tend. Il y en a beaucoup. Non, le porteur d'eau est fatigué, il ne peut plus descendre à la source ; il ne peut plus porter l'outre qu'il arrache de son dos, puis il la jette aux pieds de l'homme. « Tiens ! Prends-la, cette maudite outre ! Va chercher de l'eau toi-même ! » Et il reprend sa route ; le poids du monde accroché à sa canne.

À peine a-t-il fait deux pas qu'il reçoit un coup violent : le conducteur lui a balancé son outre sur le dos. Il s'approche de Yûsef avec rage, un pistolet à la main : « Prends ton outre et va chercher de l'eau !

– Je ne peux plus ! » répond Yûsef, à bout de souffle. L'homme le prend par le bras. « Je t'ai dit d'aller chercher de l'eau. » Il pointe son arme contre sa tempe : « Sinon je t'éclate le crâne ! » Yûsef se laisse choir par terre, il ne peut plus se tenir debout ni respirer. Il dégage sa gorge. Il suffoque. L'autre lui donne un coup de pied, crie : « Lève-toi ! Je te tue ! Tu m'entends ? Je te tue ! » Le porteur le regarde d'un air suppliant comme pour dire : « Vas-y, tue-moi ! » Puis il murmure dans sa barbe : « Je ne suis plus le porteur d'eau. » Il élève la voix : « Le porteur d'eau n'existe plus, il est mort ! » Il gémit entre deux souffles. « Tu m'entends ?! Il est mort, le porteur d'eau c'est moi. C'est moi qui l'ai tué. » Respire. « Moi, Yûsef, j'ai tué le porteur d'eau ! » Sous le regard hébété de l'homme, il se relève, s'époumone : « À toi la source ! » Il crie fort pour que tout le monde l'entende : « À vous l'eau, à vous ma dignité. Je vous donne tout mais rendez-moi Shirine ! » Il se lève, s'éloigne sous la lumière des phares de la voiture. « J'ai besoin d'elle, de ses mains chaudes sur mon front. Elle est à moi, corps et âme. C'est moi, Yûsef, qui ai droit de vie et de mort sur elle. Pas vous ! Laissez-la rentrer chez elle. Qu'elle allume les braises du *sandali* avant que je rentre. Je vais me chauffer les mains, les pieds, le cœur. Je vais rentrer. » Il presse le pas : « Il ne me reste qu'une rue à traverser, une rue, et puis la maison, mon logis, Shirine au fond du *sandali*, dans la lueur jaune de la lampe-tempête, sa mèche qui fait de l'ombre sur son œil. Oui, elle est rentrée. Elle est rentrée tôt, quand moi je suis parti. Elle a eu faim, elle a mangé du *halim*, avec du pain chaud et un peu de chorba. Après, elle a dormi. Non, elle ne peut pas dormir. Elle s'inquiète pour moi. Elle m'attend. Il faut que je me dépêche... » Il entend les tirs. Il court, il tombe. Tout devient noir. « Où suis-je? Je ne vois rien. Où est la lune? »

Et soudain, la lumière blafarde revient, plus aveuglante que tout à l'heure. Yûsef distingue la silhouette du chien de berger qui s'approche de son outre jetée par terre, la lèche. Aucune goutte d'eau à laper. Il l'abandonne, vient vers le corps de Yûsef, et avec sa langue altérée il lui lèche la main... Il aboie sourdement, et de ses dents il attrape Yûsef par la manche de son gros *gopitcha*, et le tire.

Yûsef se laisse traîner par le chien. « Je savais que tu viendrais. Amène-moi à la maison. Shirine m'attend. »

Le chien s'exécute. « Je savais qu'un jour j'aurais besoin de toi, que tu me sauverais. » Il ne sent plus ni la terre ni les cailloux sur lesquels il glisse.

« C'est bon, je suis dans la rue. Arrête! Je peux me mettre debout, je peux marcher. Encore deux maisons. Puis Shirine, au fond du *sandali*, dans la lueur de la lampe-tempête. S'il n'y a plus d'essence, elle m'attend dans la lumière blanche de la lune. Sa mèche brille. Elle m'attend. C'est sûr. »

Il se trouve devant le portillon. « Ça y est. J'y suis. Shirine, je suis là, derrière la porte. » Elle est fermée. « Il n'y a personne dans la cour ? » Il appelle. « Non. Il n'y a personne pour m'entendre. Pour m'ouvrir. Shirine ? Tu m'entends ? Non, elle ne m'entend pas, elle non plus. Je dois escalader le mur. » Il grimpe, comme un singe. Le jardin est désert. La chambre de Nafasgol est allumée, mais pas celle de Dawood. « Il doit dormir, ce porc ! » Yûsef va directement chez lui. Aucune trace de Shirine. « Mais je sens son parfum de musc. » Elle doit être de l'autre côté du *sandali*. « Je ne peux pas la voir d'ici. » Il faut fermer la porte. « Shirine va avoir froid. » Il enlève ses bottes en caoutchouc. Ses pieds sont paralysés. Ils ne sentent pas le kilim, le sol. Il s'avance. « Je ne peux plus contrôler mes pas. Ils vont là où ils veulent. » Il passe de l'autre côté du *sandali*. D'ici non plus il ne peut pas voir Shirine. « Elle doit être entièrement couverte. Elle a eu froid, sans doute. » Il soulève la couette. Elle n'est pas là. « Où alors ? » Il faut redemander à Nafasgol. Sinon à Dawood. Lui doit savoir. « Il l'a cachée dans sa chambre ou l'a envoyée à *Kohdâmane,* dans sa villa. Je vais le tuer. » Il sort dans la cour, en chaussettes. « Où est la hache ? J'espère que personne ne l'a prise. » Elle doit être à sa place, derrière la maison, dans la réserve de bois, où il l'a laissée hier soir. « Dans cette maudite maison personne ne sait couper du bois. Il n'y a que moi. » Il arrive à la réserve de bois, trouve la hache. Il la soulève lourdement et s'avance vers l'entrée de la maison. « Il me reste encore un peu de forces. Et du cran. Même si je ne ressens plus rien. » Il a l'impression d'être comme les deux statues de Bouddha, sans bras ni jambes. Mais il avance. Comme si quelqu'un le poussait. « Sans doute le fantôme du porteur d'eau. C'est lui. Certainement. Il me pousse à entrer dans la maison. » La porte est fermée. « Le porteur d'eau m'oblige à la défoncer. » Il donne un énorme coup de hache, tout éclate. Nafasgol sort dans le couloir, en criant : « Au voleur ! » Yûsef se jette sur elle ; lui fracasse le crâne ; le sang éclabousse les murs, sa barbe, ses vêtements. Dawood sort en hâte de sa chambre, en pyjama, une kalachnikov à la main. Mais Yûsef sait qu'elle ne marche pas, c'est lui qui la lui avait trouvée. Il lui coupe d'abord la main qui tient l'arme. Dawood hurle, mais la douleur l'étrangle. Aucun son ne sort de sa gorge. Yûsef demande où est Shirine. Dawood pleure, il dit qu'il ne sait pas. Il le supplie, se jette à ses pieds qui ne ressentent plus rien. Comme son cœur. Comme sa colère. Il l'interroge encore. Lui répète la même chose. La hache se lève et s'abat sur son cœur, puis s'enfonce entre ses jambes.

Dawood râle et meurt.

Yûsef lâche la cognée et cherche Shirine dans toute la maison. Aucune trace d'elle. Il l'appelle, il voudrait lui dire : « Je suis désormais Sorkh Pahlawân ! Je te protégerai jusqu'à la fin de ma vie. Personne n'osera plus te dire quoi que ce soit. Ni Nafasgol ni Dawood. Je les ai crevés, tous les deux. Et je massacrerais encore. N'importe qui ! Malheur à celui qui te regardera de travers ! » Ses dents claquent. Il a froid. Tremblant, il continue à parler : « Tu as raison. Restons ici. Il fait chaud. Le poêle est allumé. Heureusement que j'avais coupé du bois hier. C'était pour ce soir, pour nous réchauffer. Fini d'attendre qu'on nous donne des braises. Nous n'avons plus besoin du *sandali*. On va rester ici. Désormais cette maison nous appartient, à nous deux. Personne d'autre n'aura le droit d'entrer ici. Personne ne pourra te déranger, te réveiller à n'importe quelle heure pour te demander de faire le ménage. Ce sera à quelqu'un d'autre de le faire. Toi, tu resteras au chaud. Tu te reposeras en bas, là où il y a le poste de télévision, dans le salon de thé, au sous-sol, à l'abri des regards. Tu verras tous les films indiens. Tu te laveras dans le hammam autant que tu voudras, sans que ce débauché de Dawood ou un autre vienne t'épier. Je demanderai au porteur d'eau. Non, il est mort, lui aussi. Moi-même, je remplirai tous les matins le réservoir d'autant d'eau que tu en auras besoin. Des eaux douces et tièdes au parfum de rose. La source est aussi à toi, pour toi.

Oui, on va rester ici. »

Et il s'allonge sur le lit de Dawood.

## 25

Il a l'air enchanté, Tom. Est-ce l'effet de *sativa* ou celui de Rospinoza ? Sans doute les deux. Ils marchent lentement sur le quai du canal Jacob van Lennep. Elle lui demande s'il était vraiment amoureux de Nuria. Il ne sait pas quoi répondre. À quel moment peut-on dire que l'on est amoureux ? Il ne s'était jamais posé la question. C'est à présent, devant Rospinoza, qu'il réfléchit et découvre que dans ses quelques histoires sentimentales, même dans celles de sa jeunesse, son amour se révélait plutôt lors de sa déchéance qu'à son avènement. Mais cette fois il a une étrange sensation qu'il ne sait nommer ni décrire. L'impression soudain d'être un homme illettré confronté à ses sentiments. Désemparé, désespéré, il se tait. Longuement. Puis il se dit qu'en tout cas, avec elle, il avait appris à aimer ses origines.

« Elle n'est donc pas une femme fatale, qui vous aurait éloigné de vous-même.

– Non, pas comme une femme fatale. Plutôt comme une *femme originelle*.

– Telle Pandore.

– Pandore », répète Tom, pensif. Suit un silence immobile, durant lequel il comprend pourquoi autant avec Nuria il s'est rapproché de ses racines, autant avec sa femme il s'en détachait. Quelle contradiction ! Ce retour aux origines n'est absolument pas un *fatum* mais une délivrance. Car la naissance, de la même manière que l'amour, est un accident et pas vraiment une destinée, comme la mort. Oui, avec Nuria, il a bien senti cela. Même si sa culture ancestrale le condamne à interpréter comme destin tous les hasards, les rencontres et les aléas de la vie…

L'effet de la *marie-djân* lui fait perdre le fil de la pensée qu'il voulait répéter à Rospinoza. Pris au piège du lacis de ses apories, il reste sans voix. Rospinoza, moins prisonnière que lui, brise son mutisme en disant que Nuria ne comprend toujours pas pourquoi sa mère vit son désenchantement conjugal comme sa destinée. « Elle en souffrait, Nuria.

– Souffrir du mariage de ses parents ? »

Rospinoza fait « oui » en fermant les yeux comme si, au fond d'elle, elle demandait pardon à Nuria de la trahir en révélant ce qu'elle cachait à Tom. « Son père est un écrivain de renom dans votre pays, paraît-il. Un intellectuel. Mais orgueilleux, misogyne, jaloux et ivrogne, qui tabasse sa femme et ses enfants. Nuria ne comprend pas pourquoi sa mère reste avec lui, alors qu'elle est intelligente, éduquée, non seulement autonome, mais indispensable pour la famille !

– Comment s'appelle son père ? »

Rospinoza se recule légèrement. « Je ne sais pas.

– Son nom de famille ?

– Je ne sais pas, cher ami ! » Elle se rapproche de lui, rattrapant son bras. « Et même si je le savais, je ne vous le dirais pas », dit-elle d'un ton espiègle, faisant rire Tom, qui poursuit son enquête : « Est-ce qu'elle vit avec ses parents ?

– Non, elle les a quittés depuis quelques années, bien avant qu'ils ne retournent au pays. Elle ne veut plus voir son père. Elle a peur de sa tyrannie monomaniaque. Même intellectuel, même soi-disant moderne, même en exil, ici aux Pays-Bas, il exigeait que sa femme porte le voile bleu...

– *Tchadari*?

– Merci. Et vous savez pourquoi ?

– Par tradition, je suppose. Car dans notre foutu pays, même les communistes s'attachent aux traditions.

– Elle aurait préféré cette tradition religieuse à la maladie amoureuse de la jalousie. Il veut voiler sa femme non pas pour respecter la religion, ou empêcher que les autres voient son visage, ni pour l'empêcher, elle, de regarder les hommes. Mais pour qu'il ne puisse pas voir sa femme regarder les autres ! Vous vous rendez compte ?! » Elle rallume son joint éteint. « Je n'avais jamais entendu une histoire pareille. En même temps, je trouve cette obsession magnifique. » Tom fait mine de désapprouver. Elle continue : « Et devinez ce que Nuria a dit à son père. » Elle rit. « Que ce serait plutôt à lui de se crever les yeux ! Elle a claqué la porte et quitté la maison une fois pour toutes. La suite... » Elle se tait. Tom ne sachant comment interpréter ce silence si soudain, tente de le briser par n'importe quelle question : « Elle voit sa mère ? » Rospinoza le dévisage d'un regard qui souligne son indiscrétion. « Son père est rentré en Afghanistan, sa mère l'a rejoint. Elle ne pouvait pas vivre sans lui. Une évidence !

– Pourquoi une évidence ? »

Elle ne répond pas ; elle fume. Puis, en bougeant sa main comme pour signifier « à vous de me le dire », elle laisse Tom imaginer ce qu'il veut ou peut, et après quelques pas, elle s'arrête à nouveau, essayant de le détailler à la lumière d'un lampadaire. « En tout cas, vous, les Afghans, vous avez quelque chose d'intrigant, qu'on aimerait connaître. » Un sourire jaune se dessine sur les lèvres de Tom. « Parce que nous sommes de bons cavaliers, de bons guerriers, de bons méchants, de bons musulmans », dit-il avec une certaine ironie, immédiatement interrompu par le rire de Rospinoza. « On dirait que vous n'êtes pas fier de ces valeurs ancestrales que nous, les Occidentaux, aimons découvrir chez vous.

– Mais pas en vous.

– Absolument.

– Donc, si je vous ai bien suivie, elle sortait avec moi pour comprendre ce qui rend son Afghan de père si désirable pour sa mère. J'espère qu'elle n'est pas déçue ! » dit-il avec une rage étouffée qui n'échappe pas à Rospinoza. « Que vous êtes susceptible ! Je ne crois pas que c'était vraiment son idée. Je la pense plus intelligente que ça. Elle voulait sans doute avoir une expérience amoureuse et sexuelle avec un homme de ses origines, c'est tout. Pas imiter sa mère ni baiser avec un homme de l'âge de son

229

père pour mettre en pratique les leçons de comptoir freudien. Elle aussi est à la recherche d'un *homme originel.* » Cela dit, elle s'est immédiatement rendu compte de sa bévue. Elle jette un regard furtif vers Tom, espérant qu'il ne l'a pas entendue ni comprise. Le silence chargé de Tom entretient le doute. Pour lui faire perdre le fil, elle lui demande s'il connaît cette histoire d'un mandarin, amoureux d'une courtisane, relatée par un auteur français. « Non », fait-il. Elle poursuit : « Je serai à vous, dit la courtisane, lorsque vous aurez passé cent nuits à m'attendre assis sur un tabouret, dans mon jardin, sous ma fenêtre. Mais, à la quatre-vingt-dix-neuvième nuit, le mandarin se leva, prit le tabouret sous son bras et s'en alla. »

Ainsi Rospinoza a réussi à détourner Tom de son sentiment d'échec. Il pense désormais à la morale du conte. Doit-il lui aussi prendre son tabouret sous le bras et s'en aller ? Mais c'est elle qui est partie, se dit-il d'abord silencieusement puis en s'adressant à Rospinoza. « Oui, parce que c'est elle qui vous attendait », dit-elle avec une certaine assurance.

« Elle m'attendait ?

– Sans doute. L'épreuve de l'amour, contrairement à ce que l'on pense, c'est l'attente, pas la jalousie !

– Mais je suis là. C'est moi qui l'attends, pas elle. Elle ne m'a pas attendu, non.

– Est-ce que vous savez pourquoi le mandarin est parti ? » Tom réfléchit. « Ne cherchez pas la réponse, mon cher Tom, il y en a mille et une. Toutes vraies, toutes fausses. N'importe laquelle effacerait le charme entier du conte. Il n'y aurait plus d'histoire. Et l'amour, avant toute chose, est une histoire sans morale, sans fin. » Elle se tait, laissant Tom reconstituer le récit inachevé de son amour avec Nuria.

« Il vaut mieux vivre une histoire inachevée qu'achevée. Pour ne pas cesser d'y repenser, à chaque remémoration la vivre autrement, en changeant les détails, les situations, les sentiments, les issues à votre guise. Vivez dans le merveilleux ! » Elle se colle contre Tom. « Allez, on va boire. » Il a soif et veut voir Nuria. Rien d'autre. Cette histoire n'est qu'une mise en scène, dont la fin est déjà écrite : Rospinoza va l'emmener quelque part où l'attend Nuria.

Elle l'invite dans un bar plein de monde, mais il manque Nuria. Au fond, un grand écran de télé diffuse en boucle des images brouillées et saccadées prises par un Taliban avec Dieu sait quel appareil. Filmées de loin, ces images montrent d'abord le grand Bouddha, silencieux, majestueux, debout à même la montagne, et soudain une énorme explosion, du feu, de la poussière, plus aucun bruit, seulement la voix de deux hommes qui crient : «*Allah-o-akbar*», deux fois, suivi de «*Mâshâ-allah*»! Et plus rien. Quinze siècles d'histoire tombent en cendres et en poussières. L'Histoire a cette même fragilité instantanée et cette même gravité immédiate que la vie de Tom.

« Un gin tonic pour nous réveiller, ça vous dirait, cher ami? » Il hoche la tête pour acquiescer, sans détourner son regard désespéré de l'écran. « Ils les ont finalement détruits, dit-il tristement.

– Quels imbéciles! » s'exclame-t-elle, en enlevant son manteau. Les gin tonics arrivent. « Vous avez visité les deux Bouddhas?

– Non. Mais avant que la guerre ne commence, mon père travaillait à l'Agence officielle du tourisme afghan et il s'y rendait souvent. Il a même laissé sa vie dans ces vallées, dans le fameux lac de Band-é Amir, un jour qu'il plongeait avec des touristes.

– Désolée. »

Après un bref silence de deuil, Tom reprend pour raconter qu'une fois il avait lu dans les notes rédigées par son père pour les touristes qu'au XIXᵉ siècle, un voyageur hindou du nom de Mohan

Lâl affirmait que c'était les cinq frères Pandava, les fameux personnages de Mahabharata, qui auraient créé ces deux statues, durant leur exil dans les vallées de Bâmiyân. Et le troisième Bouddha géant, couché à l'état de nirvâna, qu'avait cru voir un autre voyageur, un moine bouddhiste chinois du VII<sup>e</sup> siècle, ne serait qu'un serpent gigantesque, pétrifié par l'un de ces frères. Mais les musulmans disent que c'est un dragon tué par Ali, le gendre de Mahomet.

Ali en Afghanistan? Cela surprend tout le monde. Mais c'est aussi propre à la culture ancestrale de Tom de transformer toute réalité du passé en légende, et de vivre ainsi dans la fiction. Éternellement.

Rospinoza le sait, mais elle dit qu'elle ne comprend pas si c'est pour donner un sens à l'Histoire, ou pour ne pas croire à sa cruauté. Ça serait trop beau, d'après Tom, qui voit plutôt dans cette tradition une sorte de déni. Il suffit d'écouter les légendes autour des statues de Bouddha. Un jour ou l'autre, les Afghans inventeront un conte sur la destruction de ces idoles. Avant les Talibans, il y a déjà eu des tentatives pour les anéantir. Une reine afghane avait même ordonné de leur amputer les bras et les jambes. Un autre avait détruit leur visage pour les rendre difformes, une manière d'empêcher leurs adorateurs de les vénérer, car ils n'étaient plus parfaits. Puis, pour oublier ou justifier ce vandalisme politique et religieux, mille et une fables sont nées.

Surprise de la longue tirade de Tom, Rospinoza éclate de rire et, entre deux gloussements, tente de dire : « Chez vous l'Histoire ne bégaye pas, elle se répète comme un conte.

– Exactement. Tout est déjà écrit, vu et entendu ! »

Elle s'apprête à dire encore quelque chose, mais une femme, aux allures de soixante-huitarde, vient la saluer. « Voilà une amie qui a voyagé dans votre pays. » Bien sûr, Tom reconnaît ces voyageurs de loin, et leurs discours sur son pays. Toujours les mêmes mots, toujours déjà-entendus : « Oh, un cavalier afghan ! J'ai connu votre pays avant la guerre. Quel magnifique pays. » Blablabla.

Tom n'a aucune envie de l'entendre.

Il se lève, quitte le bar, laissant la dame et Rospinoza regretter un pays où « l'on ne sait plus si on est au commencement ou à la fin de l'univers ».

Une fois dehors, il respire profondément et reste devant la porte un long moment. Où peut-il aller ? Retourner à l'hôtel ? Aucune envie.

Il erre.

C'est la première fois que cette ville lui paraît labyrinthique, comme sa pensée. Impossible de trouver une issue, il passe et repasse par le même chemin. Il a l'impression qu'il ne pourra jamais quitter Amsterdam, qu'il y restera jusqu'au jour où il pourrira dans les profondeurs de ses canaux.

## 26

Yûsef ouvre les yeux, revient à lui, allongé sur le lit de Dawood – dont le corps gît sur le seuil de la porte, la hache enfoncée entre les jambes. Regard froid fixé sur le cadavre, Yûsef se redresse. Essaie de comprendre ce qui s'est passé. Où est-il? Pourquoi ce cadavre? Pourquoi tant de sang sur ses vêtements? « Je dois faire un cauchemar. » Il referme les yeux. Les rouvre. Non, il est bel et bien réveillé. « Je l'ai donc tué, ce *cosmâdar*! » se dit-il non sans une certaine fierté. Il se lève et sort, enjambant le corps de Dawood, puis, sans état d'âme, celui de Nafasgol. « C'est vraiment moi qui les ai tués? » Abasourdi, il sort dans la cour. « Où est Shirine? Elle a dû partir. Oui, elle est partie. Elle est partie en voyant le massacre. Elle a eu peur. Il faut que je la retrouve. Je vais la retrouver, la ramener chez elle, à notre maison. Lâla Bahâri va m'aider, c'est sûr. Comme toujours. Lui, il sait tout, il connaît tout. C'est un sage. Même si Shirine a un faible pour lui, c'est un homme, un vrai, il ne trahira jamais son ami, il la ramènera à moi. C'est un valeureux *kâka*. Un *kâka* des temps anciens, comme Sorkh Pahlawân. »

À peine arrivé devant le portillon, il s'arrête. « Que faire des corps ? Les enterrer dans le jardin ? Non, Shirine doit les voir morts, sans âme. Qu'elle sache que tout est fini ; sinon, elle croira qu'ils sont partis quelque part, qu'ils reviendront. Elle n'osera pas vivre dans cette grande maison. Mais là, elle sera heureuse d'y habiter. C'est son rêve. C'est ce qui compte, qu'elle soit heureuse. Et fière. Fière de moi, Yûsef. Elle n'a jamais été fière du porteur d'eau, elle le méprisait. Sûrement. Moi de même, je le méprisais. Lui aussi a disparu. Tout est fini. Tout va bien. »

Dehors, tout est calme ce soir. La lune éclaire le chemin. « Elle m'aide aussi, la lune. Elle est l'œil de Kheing But, de Shirine. C'est pourquoi elle est blanche, c'est pourquoi elle me guide vers elle. La lune est ma veilleuse. »

Aucune âme dans la rue. « Personne ne m'aura vu sortir de chez Dawood, de chez nous. Personne ne saura que c'est moi leur meurtrier. Sauf Shirine, bien sûr. C'est moi qui le lui dirai. Pour qu'elle soit fière de moi, pour qu'elle ne craigne plus rien ; qu'elle sache que je suis là pour la protéger. Rien ne lui arrivera. Rien ! »

En chaussettes, il parcourt les trois rues qui le conduisent à la maison de Lâla Bahâri. « Cela fait un moment que je ne suis pas allé chez lui. » Il ne lui demande jamais d'eau. Jamais ! « Pourquoi ? Il a peut-être encore de l'eau dans son puits. C'est possible, sa maison est à côté de la source ; je sens même son odeur dans la grotte. Oui, il a de l'eau douce et tiède, lui aussi. » Nul besoin de porteur d'eau. Avant il lui demandait de l'eau pour son arbre. Son arbre étrange qu'il soigne délicatement. Un arbre sacré, sans doute. « Ils sont bizarres, ces Hindous. Mais ils sont bien. Surtout lui. »

Il s'arrête devant une porte bleue, saisit le vieux heurtoir et frappe ; mais le bourdonnement d'un générateur d'électricité dans la cour voisine, envahissant la maison et la rue, couvre ses coups. Il prend un gros caillou, frappe au portillon. Et attend. Personne ne vient. Personne ne l'entend.

« Je ne peux pas attendre. Je vais forcer la porte. C'est du métal, du mauvais métal. Il me reste encore un peu de forces. Sans doute les dernières. »

Un coup, et la porte s'ouvre. Le jardin est nu. L'arbre sacré a été arraché, coupé. Le tronc et les branches sont entassés à l'endroit où il a été planté. « Non, ce n'est pas Bahâri qui l'a coupé. Il n'aurait jamais fait ça. Cet arbre était sa vie. Il aurait préféré mourir de froid que se réchauffer avec son bois. Il se passe quelque chose de bizarre. Il y a quelqu'un d'autre, un jaloux, venu l'assassiner, s'emparer de sa maison, déraciner son arbre. « Ah, je ne permettrai à personne de faire ça à Lâla Bahâri ! » Son regard tombe sur une hache, il la prend. Elle est moins lourde, lui semble-t-il, que celle avec laquelle il a tué Dawood et Nafasgol. Cette hache, il peut la soulever et l'abattre sur quelqu'un, sans grand effort.

Il y a une faible lumière dans le couloir. Et un faible bruit de pas. Yûsef marche sur la pointe des pieds. Il ne croise personne dans le couloir ; le bruit vient d'en bas, du sous-sol. Toutes les pièces sont illuminées par des bougies, l'encens embaume.

Un silence, soudain.

Ses pieds se figent sur le palier. Au sous-sol, le bruit de pas reprend. L'ombre d'un corps féminin commence à danser sur le mur de la cage d'escalier. Avec beaucoup de grâce. Elle s'approche, grandit; puis s'éloigne, rapetisse.

Il n'y a donc pas de Talibans dans la maison.

La hache tremble dans ses mains,
comme ses pieds,
comme la cage d'escalier,
comme la flamme des bougies,
comme l'ombre de la danseuse...

Il descend encore une marche, puis deux, trois. Jusqu'au sous-sol. Un salon magnifique, empli de fumée d'encens. Il faut s'habituer à la lumière jaune et rouge pour distinguer dans les quatre coins de la pièce des statues de Bouddha, les dessins obscènes d'un couple hindou, comme ceux du petit livre que Lâla Bahâri lui a montré. Et au milieu, cette femme qui danse, une Hindoue, joliment maquillée, parée de bijoux, couverte d'un sari transparent. À travers l'étoffe, ses seins ballottent avec beauté et légèreté.

Elle a les yeux fermés. Cheveux mouillés. Corps huilé.

Ce n'est pas l'épouse de Bahâri. Non. Sa femme, Yûsef la connaît, elle était grande, corpulente. Mais celle-là, la danseuse, c'est...

Shirine?

La cognée devient lourde; ses mains s'affaiblissent et la lâchent. Son pied ne ressent pas le coup de la lame. Tout son corps est paralysé. Sauf ses yeux. Ils regardent Shirine danser à l'indienne. Il regarde. Admire. S'émerveille de la voir emportée ailleurs, loin de cette terre maudite. Elle n'a même pas été dérangée par le bruit de la hache tombant à terre, blessant le pied de Yûsef. Elle tourne sur elle-même, comme une flamme. Ses mains se lèvent, ses doigts esquissent des formes invisibles que la fumée exalte. Elle danse dans les silences d'une musique. « Elle est en effet possédée. Possédée par Lâla Bahâri, et Lâla Bahâri par les Bouddhas; et moi, possédé par elle. Rien de grave. C'est beau. Qu'elle ne s'arrête pas. » C'est la première fois qu'il voit les seins de Shirine. D'ailleurs c'est la première fois qu'il voit les seins d'une femme. « Ils sont beaux et joyeux; emplis de l'eau douce et tiède. Du nectar! » pense-t-il.

Elle s'approche de lui mais ne le voit pas. Pourtant elle a maintenant les yeux ouverts. Sa mèche suit avec sa délicatesse habituelle le mouvement de son corps.

Tout cela grâce à Lâla Bahâri. Où est-il, lui?

Elle doit le savoir, mais il ne veut pas l'interrompre.

Qu'elle continue à enchanter Yûsef.

## 27

Un bateau tonitruant, chargé de jeunes touristes – sans doute pour enterrer ou plutôt « pour noyer », comme dit Nuria, une vie de jeune célibataire –, traverse le canal Singel. Il laisse derrière lui des vagues en serpent, sur lesquelles se perd le regard de Tom, assis sur une banquette.

Une main se pose sur son épaule. C'est Rospinoza qui apparaît derrière lui comme un ange gardien. Elle s'est inquiétée de lui. Il ne dit rien, hoche la tête pour dire que « ça va mieux ». Elle s'assied à ses côtés, fumant de la *marie-djân,* pour reprendre le mot d'esprit que Tom avait soufflé à Nuria. Une expression qui fait souvent s'esquisser un sourire sur les lèvres de Rospinoza. Après un long silence, elle dit que Nuria lui avait donné une autre image de lui, celle d'un bon vivant, le sel de la vie, un loquace.

« Toutes mes excuses pour ce silence, j'ai un peu trop fumé, je crois.

– Aucun problème. Le désamour est muet », rétorque-t-elle, regard fixé sur lui. « Cela ne vous dérange pas si je parle ? Je peux me taire – même si je ne sais pas comment. Sinon, je vous laisse seul. » Tom se retourne vers elle, et fait non de la tête, puis répond : « Le désamour est muet, comme vous dites, mais pas silencieux. Heureusement que vous êtes là. J'ai besoin de vous. »

– Vous rendez habilement les gens indispensables. J'aime ça. » Elle tire sur le joint et demande à Tom s'il ne trouve pas que l'amour est bavard. Il acquiese. Puis le silence, à nouveau, jusqu'à ce que Rospinoza reprenne, plus affirmative : « L'amour est criard. Il a son dictionnaire, sa grammaire, sa voix, bref sa propre littérature, grâce à laquelle il survit. » Une pause, une bouffée et ses volutes qui portent sa douce voix demandant comment ça se passe pour un illettré, quelqu'un qui n'a pas de littérature d'amour. Avec quels mots nomme-t-il ses sentiments ? Que pense-t-il de ses émotions, de ses désirs ?

Tom ne sait répondre immédiatement. Il s'interroge. S'il n'y a pas d'amants illettrés, comment alors interpréter les chansons et les poèmes populaires que récitent dans son pays des hommes et des femmes analphabètes et qui ne parlent que de l'amour. « Comme partout ailleurs. Mais c'est encore de la poésie », rétorque Rospinoza. La réponse aurait pu enchanter Tom, qui, avant de connaître Nuria, pensait qu'aucun amour ne précède les mots. Toutes les amours ne font qu'imiter la littérature, plutôt que de l'inventer. Mais depuis cette rencontre, il ne sait plus si on peut parler de l'amour sans l'avoir vécu. « Je pense, conclut Rospinoza, qu'ils se créent l'un et l'autre, en même temps. Mais sans les mots il n'y a pas d'histoire, cher ami. Il n'y a que des gestes et des symboles. C'est sans doute la raison pour laquelle les *amours originelles*, celles des gens simples, analphabètes, illettrés, nous paraissent naïves, kitsch. Parce que viscérales ! D'ailleurs il faut nommer autrement cette passion originelle. Le mot amour est devenu, à cause de son abondante littérature, trop galvaudé et cérébral. Moi, je l'appellerais *l'aimance*. D'ailleurs c'est plus joli. Vous ne trouvez pas ?

– L'aimance ?… Oui, c'est plus beau.

– Pourtant ce sont les mêmes événements, les mêmes situations, les mêmes sentiments que chez les autres – poètes, grands philosophes… Je dirais que pour ces hommes de lettres et de songes, l'amour n'est qu'une matière à penser, à gloser, à fantasmer pour créer... alors que chez les autres, il s'agit simplement d'un état et aucunement d'une épreuve. »

Tom réfléchit, hoche la tête comme pour lui donner raison, pensant aux amants afghans sous la terreur des Talibans, où toute chanson et toute poésie d'amour sont interdites. Or, ils ne vivent que dans le désamour.

« Oui, l'amour joue du mot », répète Rospinoza à haute voix, comme pour se convaincre de son intuition. « Et le désamour joue du silence. » Elle tire une profonde bouffée de joint ; puis : « Tenez ! », elle le tend à Tom, qui le prend et aspire une longue taffe, comme elle. Il tousse, respire spasmodiquement. « Doucement, c'est du noir afghan ! » dit-elle sur un ton qui le fait rire. « Je ne veux pas que notre chère Nuria lise demain dans un journal un rapport de police disant que l'on a découvert le corps d'un Afghan de vingt-cinq ans mais avec les papiers d'un Français de... vous avez quel âge ?

– Quarante-cinq », rétorque-t-il en pensant au destin de Chet Baker, raconté par Nuria tel qu'il avait été commenté par la police. Exactement avec les mêmes mots que Rospinoza vient de parler de lui, Tom.

« Vous êtes de quel signe astrologique ?

– Afghan ! »

Elle le regarde, le temps de comprendre ce que Tom veut dire, puis elle éclate de rire. « En effet, l'Afghan est un astre en soi.

– Plutôt un beau désastre ! » réplique-t-il avec un rire jaune. « Tom, le désastre afghan ! » s'exclame-t-elle comme pour le présenter à un public invisible.

Leur fou rire envahit le canal. Ils se laissent emporter par l'allégresse. Hilares, ils ne peuvent prononcer un mot. Tom se tord ; il a mal aux reins et peine à respirer. Son visage devient pâle. La tête lui tourne, provoquant un vertige. Il s'agrippe d'une main au bras de Rospinoza, qui renverse la nuque. Elle n'entend plus le rire de Tom et rouvre les yeux. « Ça va ? » Elle cesse de rire et de sa main droite caresse le visage de Tom. Il fait « non » ; elle retire sa main, en s'excusant. « Non, je voulais dire : Non, ça ne va pas, je me sens mal. » Le rire la reprend ; mais elle le réprime aussitôt et donne sa bouteille d'eau à Tom, qui boit doucement. Rien ne change. Son état de *sar-gardân* s'aggrave encore. Il tremble, il a froid, son cœur bat. Rospinoza le prend dans ses bras. « Vous voulez rentrer ? » Tom acquiesce.

Ils se mettent en route, collés l'un à l'autre.

Traversant un pont, Tom dit que son hôtel est dans l'autre sens, mais Rospinoza refuse qu'il rentre passer la nuit seul; elle l'emmène chez elle, à deux pas du pont. Tom n'a plus la force ni de résister ni de l'étreindre. Il la suit.

La pluie reprend.
« Merde ! J'ai perdu mon parapluie.
– On est arrivés. »

Il a du mal à monter les escaliers étroits jusqu'au cinquième et dernier étage. C'est un grand appartement, presque vide. Seule présence, un chat, qui vient se frotter contre le pied tremblant de Tom.
« Je dois me changer », dit Rospinoza en disparaissant dans le couloir, d'où Tom l'entend vaguement lui demander de s'allonger sur le canapé; elle reviendra dans quelques instants.

Tom ne peut fermer l'œil, l'étourdissement le reprend. Ni rester couché, il se sent tomber. Il s'assied à nouveau, tente de respirer lentement, profondément. Ça se calme.
L'appartement n'a rien d'exceptionnel, il est simple, minimaliste, apaisant. Les murs sont nus. Hormis une longue étagère couverte de livres, une

chaîne stéréo, des CD qui traînent sur une table basse, rien ne perturbe le regard.

Il se lève, va ouvrir la fenêtre. Il se remplit d'air frais. Dans l'immeuble d'en face, au même niveau, un homme est debout comme une statue derrière une baie vitrée, contemplant Tom qui, gêné, se penche pour regarder ailleurs. La ville est calme, sous une douce pluie. Aucune ombre errante au bord des canaux.

« Vous allez attraper froid », la voix de Rospinoza s'élève derrière lui. Il se retourne et la découvre sans tichel, cheveux longs, très longs, couvrant ses épaules et ses seins, enveloppée d'une belle robe presque transparente. S'approchant de Tom, elle laisse son corps exprimer son audace et sa grâce pour défier le temps qui se dessine depuis quelques années sur son visage. « Si vous voulez prendre une douche.

– D'abord je dois aller aux toilettes. »

Les W.-C. sont petits, les murs recouverts de bouts de papier disparates, tous griffonnés, couverts de citations en tous genres. Après une petite balade, son regard s'arrête sur une phrase qu'il aimerait retenir : « La Rochefoucauld : La violence qu'on se fait à soi-même pour demeurer fidèle à ceux qu'on aime ne vaut guère mieux qu'une infidélité. » Il lit les autres citations, mais revient à celle-là, dont il a déjà oublié les mots exacts. Il arrache le papier et le glisse dans sa poche de pantalon. Va rejoindre Rospinoza, assise au pied du canapé. « Vous vous sentez mieux ?

– Oui », fait Tom, essayant de garder un air serein devant son corps presque nu. « Vous êtes encore un peu pâle. Venez, allongez-vous ! » dit-elle avec une tendre autorité. Il obéit. « Ne fermez pas l'œil. Respirez doucement et régulièrement. » Elle pose sa main sur son foie. « Vous êtes en feu ! Il vous faut de l'eau.

– Je ne peux pas boire.

– Je parle de l'eau comme métaphore.

– Pardon.

– La source d'eau est dans votre *ayin*, la seizième lettre hébraïque, dont le pictogramme est l'œil et la source. La partie du corps associée à cette lettre, c'est le foie. Votre source est tarie. Vous vous êtes vidé de votre sève. Vous savez que notre corps est fait d'eau à plus de quatre-vingts pour cent.

– Paraît-il.

– Nous sommes tous des porteurs d'eau !

– Mais moi, je me sens plutôt emporté par l'eau !

– Je suis le déluge ! » dit Rospinoza en l'embrassant. Elle glisse la main sous la chemise de Tom pour caresser l'endroit de son organe vital. « Votre foie est brûlant. » Elle se penche sur son visage, fixe ses yeux. « Vos *ayins* sont taris. » Elle pose ses lèvres d'abord sur l'œil gauche : « N'ayez pas peur, ce n'est pas de l'ésotérisme », puis sur l'œil droit : « Mais de l'érotisme kabbalistique ! » Puis elle rit comme pour se moquer d'elle-même. Tom prolonge sa raillerie.

« J'ai soif ! » dit-il entre deux gloussements. La phrase relance Rospinoza dans sa jouissance verbale. « Une source qui a soif ? » Elle s'esclaffe encore plus fort et s'étire vers Tom. Leur hilarité fait ouvrir les yeux du chat. Et sous son regard inquiet, ils s'étreignent, pris d'un fou rire qui ne dure pas longtemps. En caressant le dos de Rospinoza, Tom s'aperçoit qu'il touche un corps parfait, ferme comme celui d'une jeune fille, doux de peau, humide mais abîmé, tatoué de cicatrices. Un peu partout, sur les épaules, sur les seins, sur les fesses.

« Ce sont des lettres d'amour », dit-elle en enlevant complètement sa robe. Tom reprend sa caresse, feignant de n'être pas choqué. « Je ne sais pas si Nuria vous a raconté des choses sur ma vie ?

– Un peu.

– Forcément. Mais peut-être pas sur mes cicatrices. Elles sont discrètes. » Elle rit, d'un rire jaune. Au rythme de leurs caresses, elle raconte : « Étudiante, donc jeune et bien foutue, je m'adonnais à la danse érotique deux nuits par semaine, et deux séances par nuit, dans un cabaret parisien. Ça me permettait de vivre confortablement. Dès que je finissais mon numéro, je m'enfermais dans la loge, pour éviter d'avoir à flirter avec les clients. C'était ma condition pour danser. Un soir, un homme d'une cinquantaine d'années, très chic, très beau, me dévorait de ses yeux verts. Tard la nuit, quand j'ai quitté la boîte, je l'ai retrouvé dehors ; il m'attendait. « Pour rien, lui ai-je dit, je ne sors jamais avec les voyeurs ! » Mais il voulait me faire une proposition. Lui aussi avait une boîte de strip-tease, et me demandait d'y danser. Avec un très bon salaire, et en acceptant toutes mes conditions. Sauf que, pianissimo, nous sommes tombés amoureux l'un de l'autre. Il m'a interdit de monter sur les planches. Puis il m'a demandé ma main, que je lui ai offerte. Comme voyage de noces, il m'a emmenée en voiture dans un endroit étrange, très loin, méconnu, le *Jardin clos*, qui était plutôt un ancien couvent, le domaine d'un homme qu'on surnomme Gilgamesh. Parce que, vous pouvez le deviner, il exerçait un droit de propriété : la jeune épouse, il la baisait dans sa demeure, lui d'abord, le mari ensuite. Cela m'amusait. Mais les nuits suivantes, il y a eu d'autres épreuves à subir, comme dans des films érotiques à deux sous. Au lendemain de chaque nuit de baise, il fallait s'enfermer dans deux autres pavillons, le Pavillon de la Rédemption et le Pavillon de la Miséricorde. Dans le premier, je devais infliger toutes sortes de châtiments à mon mari, pour qu'il soit absous du plaisir charnel; dans l'autre, c'était à lui de me fouetter, moi la tentatrice. Quatre-vingt-dix-neuf coups de fouet! Et là, j'ai compris que mon mari était au fond de lui un croyant bien convaincu. Le tenancier d'un lieu profane qui devait se purifier chez Gilgamesh. Moi, qui n'étais d'aucune confession, je n'avais aucune envie que l'on me fouette. Ni au nom de Yah, ni au nom du Christ, ni au nom d'Allah! Alors, on m'a emmenée dans un autre pavillon situé au fin fond du jardin, appelé le Boudoir, réservé aux renégats, aux athées. Je vous laisse imaginer l'ambiance qui régnait dans cet endroit. L'enfer dans le paradis! Au bout d'une semaine, j'ai craqué et j'ai tout largué!» D'un geste gracieux, elle dégage ses cheveux qui couvrent ses yeux. «Mais j'étais complètement perdue. Je ne savais plus où aller, quoi faire. Je ne pouvais plus ni danser ni me prostituer, à cause de ces foutues cicatrices. Ma famille, qui s'était opposée à mon mariage, ne voulait plus entendre parler de moi. Ainsi ai-je décidé de m'installer à Amsterdam et de faire mes études de philosophie. J'ai ouvert un cabinet et créé un cercle sous mon vrai prénom, Ondine, que j'aimerais changer pour Rospinoza. C'est le surnom que la petite Nuria m'a donné. Là, j'enseigne aux gens la joie, la jouissance, l'allégresse, avec pour seule devise : l'amour n'est pas un péché. » Tom ne la suit plus, il est ailleurs. Encore un coup de Nuria qui l'irrite. Rospinoza ! un jeu de mots avec le persan « rospi », qui signifie prostituée. Ça lui ressemble, ce jeu. Bon sang ! comment lui, Tom, ne s'en est pas aperçu avant ? Quel naïf ! Quelle honte ! La garce, elle devait bien se moquer de lui. Il se tord de douleur, une douleur intérieure. Et puis, cette histoire qu'elle lui a racontée à propos du mari jaloux de Rospinoza, à qui celle-ci avait donné rendez-vous dans le Quartier rouge...

« Oh, la petite !, s'exclame-t-elle en éclatant de rire. Elle vous a raconté ça ? C'est sa propre histoire à elle, avec son père ! Elle en avait marre de son autorité, de sa jalousie violente. Alors un jour, elle lui a donné rendez-vous devant la vitrine qu'elle avait louée pour l'occasion. »

Entre-temps, elle a déshabillé Tom, abasourdi de ce que Nuria lui a encore réservé comme surprise. Il pense à ce père afghan qui découvre sa fille habillée en prostituée derrière une vitrine. Le rire le reprend.

« C'est drôle ma vie, non ?

– La vôtre, non ! Je l'admire. Je pensais à celle de la petite Nuria.

– C'est après cette histoire que son père a décidé de rentrer au pays. Bon, maintenant, n'y songez plus. Reposez-vous ! » dit-elle en allumant une bougie.

Le chat dort.

Elle éteint les lumières.

Et s'étend sur Tom.

## 28

Yûsef est surpris d'être enveloppé par la nuée de santal sans s'étouffer, sans asthme. Il reste longtemps émerveillé devant Shirine qui continue à danser, sans un regard, sans un mot à son beau-frère, comme s'il n'existait pas. Il veut la prendre dans ses bras, mais il n'ose pas interrompre sa danse. Il se retire, si doucement que même l'épaisse fumée de l'encens ne se trouble pas. Il remonte les escaliers. Il cherche Lâla Bahâri dans les autres pièces. En vain. Il sort de la maison. La cour est toujours vide et blafarde sous la lumière argentée de la lune.

Yûsef revient vers le tas de bois, en fait le tour ; puis il s'arrête sur le rebord du puits où il distingue le bout d'une échelle de corde. Il se penche. Au fond du puits, une faible lumière s'agite. « Il est donc là, Lâla Bahâri. » Yûsef se penche et crie : « Lâla Bahâri ! » Personne ne répond.

Alors il descend.

Il touche le fond du puits ; c'est humide. Il y a un étroit passage souterrain, éclairé à chaque pas par une bougie, et envahi de fumée et de parfum d'encens. Cette odeur, Yûsef la connaît. « Ça sent l'échoppe, ça sent la source. » Il suit les bougies qui au bout d'une trentaine de pas le conduisent à la source, nimbée de la lumière. C'est la première fois qu'il peut voir la grotte, ses parois ondulantes, ses cailloux joliment taillés. Au fond, il distingue la silhouette de Lâla Bahâri, entièrement nu, en train de déposer des bougies et des pétales de fleur séchés autour d'une pierre noire et lisse, érigée au milieu d'un petit bassin que l'on a sculpté à même la grotte.

L'air, malgré la vapeur et la fumée, est respirable, parfumé. Maintenant Yûsef comprend pourquoi à certains moments il ressentait la présence de quelque chose dans la source que l'obscurité ne lui permettait pas de voir.

Il s'approche de Lâla Bahâri qui, sans se retourner, dit : « Tu es enfin arrivé, mon *Saghaw* ! » Yûsef n'ose pas regarder ce corps nu enduit de cendres. Il a un collier autour du cou. Yûsef lui dit : « Je ne suis pas le porteur d'eau, je suis Yûsef ! » Lâla Bahâri se retourne. Ses yeux vifs, ses boucles d'oreilles, sa langue rouge lui font peur. Yûsef recule. « Ne crains rien, Yûsef, c'est moi, Bahâri. » Il s'assied. « Viens, assieds-toi et bois un peu de lait. » Il lui tend une timbale. Assoiffé, il la colle contre ses lèvres ternes, prêtes à la vider en une seule lampée. « Doucement, C'est du *bhangaw* », dit Lâla Bahâri. « Mais cela n'a ni le goût ni le parfum du lait ! » constate Yûsef en buvant. Il grimace : « C'est un peu amer ! » dit-il en regardant discrètement l'Hindou. « Pourquoi tu t'es fait si affreux ?

– Pour détruire l'illusion de la beauté de ce monde ! »

Yûsef le dévisage longuement.

« Et toi, pourquoi as-tu le visage et les vêtements couverts de sang ? » lui demande Lâla Bahâri. Yûsef regarde ses mains, ses vêtements, ses chaussettes, tous maculés de taches écarlates. Pensif, il répond calmement : « J'ai tué Dawood et sa femme. » L'Hindou le prend par la main et le tire vers le bas pour s'asseoir. « Pourquoi ?

– Ils avaient chassé Shirine de la maison.

– Je comprends. Mais était-ce si grave ?

– Oui, je croyais l'avoir perdue pour toujours.

– Mais voilà, elle est là.

– Oui, mais je ne savais pas.

– Alors, si tu ne savais pas, pourquoi tu les as tués ? » La question fait taire Yûsef. Troublé, il ne sait quoi répondre. Parler de Dawood, de sa convoitise ? Non, c'est du passé. « J'étais seulement possédé par le froid, la fatigue, la rage. » Lâla Bahâri se penche vers lui : « Je sais pourquoi. » À son regard inquiet, il répond : « Parce que tu ne sais pas comment exprimer ton amour pour Shirine.

– Mon amour pour Shirine ?! Non. Mais, comment ça mon amour ? Elle est ma belle-sœur, je tiens à elle, je dois la protéger, elle est l'honneur de la famille.

– Ça oui, oui ! Tu me l'as déjà dit cent fois. Je l'ai compris le jour où tu voulais qu'elle rentre chez ses parents. Pourquoi ne t'avoues-tu pas que tu es amoureux d'elle ?

– Qu'est-ce que tu racontes ? Non ! Non ! C'est la femme de mon frère. Lui, il est parti. Et elle, elle l'attend. Il faut qu'elle l'attende. Et moi aussi j'attends mon frère. Il va revenir bientôt.

– Arrête, Yûsef. Tu sais de quoi je parle. Ne tremble pas. Enlève tes chaussettes, il fait chaud ici. Tu as froid…

– Non, je suis… » Sa tête tourne lentement. La lumière devient de plus en plus dense. Il se dit qu'il aime la douceur de ce lieu. Ici tout s'arrête, tout disparaît. Il n'y a plus ni hier, ni aujourd'hui, ni demain. Ici est un ailleurs que Yûsef ne sait définir. Il ressent simplement l'inexistence. Et ce soir il y a aussi Lâla Bahâri, son parfum, ses mots.

Il a envie de boire de l'eau douce et tiède. Il en prend dans le creux de la main. C'est bon! Puis il boit du *bhangaw*. Reste un long moment sans dire un mot, et soudain : « Je ne peux pas être amoureux d'elle. » Lâla Bahâri pose sa main sur sa tête comme pour le calmer. Et ça le calme. Il dit de sa voix douce : « L'amour n'est pas un péché », et lui demande d'enlever ses vêtements, de prendre un bain dans la source. Sa voix n'est plus la même, elle vibre, comme si elle venait de loin. Son visage renvoie toute la lumière des bougies.

Yûsef enlève entièrement ses vêtements et va se glisser dans la source, mais Lâla Bahâri le retient : « D'abord, regarde-toi dans l'eau, *pâni*. C'est le premier miroir de l'humanité. Avec elle, tu te doubles.

– Mais mon père me l'interdisait. Il disait que la source est l'œil de la terre, qu'il ne faut pas regarder dedans. Sinon, elle gardera mon âme dans ses profondeurs.

– Et alors?

– Un jour, elle nous engloutira…

– Pour te ramener à tes origines.

– Non, le Coran dit que l'homme est fait de l'argile…

– Alors pourquoi tu ne te nourris pas de terre? Alors que sans eau, tu ne peux pas survivre, même pas une journée. Même ce qui pousse sur cette terre, c'est grâce à l'eau. *Pâni! Pâni!* Elle est notre âme! Elle reflète ton corps, elle prend la forme de tout ce qui la contient, de tout ce qui l'absorbe. *Pâni! Pâni!* » Il fredonne un chant hindi, puis se penche vers Yûsef : « C'est le rêve d'un Hindou de retourner à l'état d'origine, au-delà de la mort, au néant! Le néant est notre matrice et notre quête absolue. D'ailleurs, chez vous les musulmans aussi. Tu sais que dans votre profession de foi, vous avez deux mots, *Rahman* et *Rahim*, les attributs d'Allah clément et miséricordieux, qui ont la même origine : *rahém*, qui veut dire… *utérus!* »

Yûsef se tait. Il se rend compte qu'il est étrangement serein en entendant ce genre de propos à l'égard de la profession de foi. Naguère, il aurait bouché ses oreilles avec les mains, maudissant la pensée hindoue qui réveille en lui le doute. Mais là, plus aucune culpabilité. Ni doute. Ni certitude.

« C'est ce que l'on appelle la béatitude, dit Lâla Bahâri comme s'il lisait le silence de Yûsef.

« Maintenant, descends! »

Yûsef descend. « Après tant d'années! » se dit-il, en se plongeant dans la source. Il garde sa tête longuement sous l'eau, ouvre les yeux et voit les pierres luisantes. Il les croit à portée de sa main, tente d'en attraper une. Peine perdue. Il faut encore descendre, mais Lâla Bahâri le rattrape, le tire hors de l'eau. « Tu veux te noyer?!

– Je voulais cueillir une pierre luisante », dit-il comme un enfant désespéré. « Je vais t'en apporter », fait Lâla Bahâri en descendant dans la source. Il en attrape deux, et les pose dans la main de Yûsef qui a les yeux éblouis. « Merci! »

Sorti de l'eau, Lâla Bahâri invite Yûsef au fond de la grotte, au pied de la pierre dressée, et l'allonge sur le ventre. Il lui verse de l'huile sur le corps. Tout est agréable. La douceur de sa main glissante, son souffle avec un rythme particulier, la tiédeur de la pierre sur laquelle Yûsef est couché. Lâla Bahâri lui dit : « Tu as vu l'arbre?

– Tu l'as coupé?

– Oui. Je ne t'ai jamais raconté pourquoi j'y tenais tant que ça.

– Non, jamais.

– Dans ma tradition, pour chaque enfant qui naît, on plante un arbre qui grandira avec lui. À sa mort, c'est avec son bois qu'on l'incinère.

– Alors, pourquoi tu l'as coupé?

– Je suis resté en Afghanistan pour mourir. Je voulais que l'on me réduise en cendres au pied des Bouddhas. Mais maintenant je n'ai plus aucune raison de rester. Je veux repartir d'où je viens.

– Tu retournes en Inde?

– Non, mon cher frère, nous venons des eaux et nous mourrons en feu. Je vais d'abord au fond de cette source. Au petit matin, mon corps remontera à la surface. Tu le déposeras sur le bûcher et tu y mettras le feu. »

Yûsef se retourne pour le voir, découvrir son visage quand il dit ça. Il ne peut rien détailler. « Tu veux mourir?

– Je me transforme. Je passe d'un état à un autre. De la chair à l'éther.

– Qu'est-ce que tu racontes?! »

L'Hindou repousse violemment sa tête contre la pierre. « Ne bouge plus et ne parle plus tant que je ne te l'ai pas demandé. Écoute! Moi je ne m'appelle pas vraiment Bahâri. J'étais Anoubsing, un sikh. Tu connais une partie de l'histoire, mais pas ce que je vais te raconter maintenant. » Il boit une gorgée de *bhangaw*. « Quand je me suis converti au bouddhisme, je suis parti en Inde, à la recherche de la Voie. J'ai rencontré des maîtres qui m'ont tous

conseillé de marcher. Mais où ? Vers quelle destination ? Je n'ai reçu aucune réponse, sauf : "Tu la
retrouveras quand elle se sera ouverte pour toi." Et
donc, je me suis mis en route. Je marchais, marchais. Jour et nuit. Regard suspendu au bout de
mon nez, et nulle part ailleurs. Sans repère, sans
but. Jusqu'au jour où, sur une piste de terre rouge,
j'ai senti une présence silencieuse qui s'approchait.
C'était une femme, menue, ordinaire, qui allait à
pas feutrés dans l'autre sens. À ma hauteur, elle
m'a jeté un coup d'œil furtif, un seul, mais si pénétrant qu'il me pétrifia. Je me suis arrêté. J'ai fait
demi-tour et j'ai commencé à marcher derrière elle,
sans poser de question. Et elle non plus. Jusqu'à
l'entrée d'une immense forêt sauvage. Là, elle a suspendu ses pas et m'a demandé ce que je voulais.
"Ton regard", – c'est ce que j'ai répondu. Elle s'est
approchée de moi, et m'a fixé droit dans les yeux,
silencieusement, et pendant je ne sais combien de
temps. Puis, sans me dire quoi que ce soit, elle s'est
retirée et a disparu dans les bois. J'étais fatigué, la
nuit tombait. J'ai cueilli quelques bananes. Je les ai
mangées et j'ai sombré dans un profond sommeil.
Le lendemain matin, à mon réveil, j'ai trouvé un
bol du lait et deux *tchapatis*. » Yûsef n'entend plus la
voix de Lâla Bahâri. Il est emporté par ses mots à

l'orée de la forêt, assis au pied du bananier, en train de boire du lait, qui a le même goût que celui que Lâla Bahâri lui a offert tout à l'heure. Il voit et il vit tout ce que l'autre raconte : « Je ne bougeais plus de cet endroit. À chaque fois que je m'assoupissais, quelqu'un m'apportait quelque chose à manger. Au bout du troisième jour, j'ai décidé de ne plus dormir. Je faisais semblant, les yeux fermés, afin de surprendre mon hôte. C'était elle, Ananda Devî. Je la vis. Elle n'apprécia guère. Elle me dit que je n'étais pas encore apte à entrer dans la forêt qu'elle nommait *Dewdâr Aranya* – la forêt où fut jeté le phallus amputé de Shiva. » Yûsef n'arrive pas à bouger les lèvres pour demander si Shiva, leur dieu, était lui aussi devenu un eunuque. Il referme les yeux et se voit assis devant la forêt, derrière Lâla Bahâri. « Un jour, elle, Ananda Devî, est venue m'emmener dans un lac dont l'eau était douce et tiède. Elle me déshabilla et me poussa dans l'eau. » Yûsef a l'impression d'être à la place de Lâla Bahâri, au fond du lac, alors qu'il ne sait pas nager. Il sent monter en lui une sorte de panique, comme Lâla Bahâri : « Je ne savais pas comment rester à la surface de l'eau. J'avais peur de me noyer. Elle, toute nue, m'a enlacé, m'a serré, et m'a maintenu sous l'eau. Dès que l'air me manquait, elle collait sa bouche sur la mienne pour me donner son souffle. » Yûsef ne l'écoute plus. Il veut replonger dans l'eau de la source. La voix de Lâla Bahâri devient une sorte de bruit étrange, impossible à reconnaître. Yûsef l'aperçoit au fond de la source, qui lui parle toujours, mais Yûsef ne l'entend pas. Il suffoque.

« Yûsef ! »

Il ouvre les yeux. Lâla Bahâri est toujours là, à ses côtés. Lui toujours à plat ventre sur la pierre chaude. « Ça va ? » Yûsef fait « oui ». L'autre reprend : « Depuis, j'ai changé de nom. Je ne suis plus Bahâri, mais Hari. Tu ne sais pas d'où vient ce nom. » Il l'oint, le caresse toujours doucement, au rythme de son souffle et de ses mots qu'il prononce comme une prière : « Celui qui efface l'ignorance et son effet, c'est Hari. Celui qui enlève et détruit les choses autres que lui, c'est Hari. Celui qui nous délivre du chagrin et nous console, c'est Hari. » Yûsef ne comprend rien de ce qu'il dit, mais la manière dont il parle le réconforte. Il se laisse bercer par ses chants : « Lorsque Vishnu dort, l'Univers se dissout dans son état informel, l'Océan causal. Les restes du monde manifesté repliés sur eux-mêmes sont représentés par le serpent Vestige, *Shesha*, enroulé sur lui-même et flottant sur l'abîme des eaux. C'est sur ce serpent que repose Vishnu endormi, celui que l'on appelle

*Nârâyana*, Qui-repose-sur-les-eaux. Mais son nom veut dire aussi Dormeur-de-l'homme. »

Yûsef pense à ce monstre qui, selon les rumeurs, se cache dans la source et dont parlent tous les habitant du quartier. « C'est lui la créature, se dit Yûsef, Lâla Bahâri », qui continue à lui souffler son histoire, sans souci : « Vishnu se manifeste aussi par Krishna. Et Shirine est l'incarnation de Râdhâ, la favorite de Krishna. » Il se met à chanter en hindi, puis se penche vers Yûsef et lui murmure à l'oreille. « Répète ce que je te traduis, peu importe si tu ne comprends rien, répète : *L'Être-suprême Un et Absolu...* » Yûsef reprend chacun des mots. « *L'Être-suprême Un et Absolu / réside dans le septième ciel / le ciel du Taureau Go-Loka / se trouvait incapable de jouir des plaisirs de l'amour / puisqu'il était seul* » Yûsef ne retient plus les mots. Il les écoute. « *Il se manifesta sous une double forme / une lumière noire et une lumière blanche / De Râdhâ, la lumière blanche / fécondée par Krishna la lumière noire / naquirent Mahat-tatva, Pradhâna et Hiranya-garbha.* » Yûsef ne perçoit plus la voix de Lâla Bahâri. Il se sent léger, flottant sur les eaux douces et tièdes. Les eaux noires. Il n'a plus peur. Lâla Bahâri est à ses côtés. Yûsef a l'impression que ça fait des années et des années qu'ils sont là, dans cette grotte : « Vishnu est descendu dans le monde sous la forme du Bouddha durant l'Âge-des-conflits pour décevoir les hommes de basse naissance et les génies. Bouddha incarne la Puissance d'illusion, *Mâyâ*, et erreur, *Moha*, de Vishnu. » Il lui demande de se retourner. Yûsef obéit. Il continue à l'enduire d'huile, à le caresser.

« Je ne comprends rien à ce que tu dis, Lâla Bahâri. Et je ne veux pas comprendre. Je suis un musulman.

– Et tu sais pourquoi tu es musulman ? » Yûsef n'a plus la tête à penser et le laisse parler, faire les questions et les réponses : « Parce que tu es né musulman, ton père était musulman, ton pays est musulman. » Il verse beaucoup d'huile tiède dans ses cheveux. « Mais tu sais que ce n'était pas toujours comme ça. Avant l'invasion arabe, ton pays était bouddhiste ; et après, même une fois convertie à l'islam, la population continuait sans le savoir à célébrer des rites bouddhistes. Encore aujourd'hui. » Yûsef n'en sait rien. Peu lui importe. Il aime ce que Lâla Bahâri lui fait. « Tu as vu enfin cette source ? C'est un très ancien temple bouddhiste. » La tête de Yûsef se relève brusquement pour détailler la grotte. « Eh, oui ! » fait Lâla Bahâri en remettant la tête de Yûsef sur la pierre chaude. « Dans notre pays, là où tu vois un mausolée d'un saint musulman, sache qu'en dessous il y a un temple bouddhiste.

– Comment ça ?!

– Regarde le mausolée Pir-é Bland, au-dessus de nous. En fait ce n'est pas le tombeau d'un saint mais celui d'un soldat anglais, enterré ici il y a un siècle par son régiment lorsqu'ils avaient envahi Kaboul. Les Anglais ont ainsi enfoui beaucoup de temples bouddhistes par crainte que les musulmans ne les détruisent. À propos, tu sais que les statues de Bouddha à Bâmiyân ont été aussi saccagées par les milices d'un certain Habibullah, fils d'un porteur d'eau qui avait pris le pouvoir il y a presque soixante-dix ans.

– Un Kalakâni ?

– Oui. »

Yûsef pense à ses aïeux qui, comme son père, devaient se battre contre les Kalakânis. Cette guerre n'est pas d'aujourd'hui.

« Est-ce que les Talibans ont pu effacer le sourire des statues ?

– Jamais ! Au contraire, leur sourire est désormais propagé partout avec leurs poussières.

– D'où vient ce sourire de Bouddha ?

– De sa joie intérieure, suite à la victoire de l'amour sur la haine.

268

– Mais comment peut-il sourire face à ceux qui le haïssent ?

– En pensant à la souffrance que la haine leur procure. »

La main de Lâla Bahâri maintient ferme la tête de Yûsef. « Maintenant ne pense plus à rien !

– Je ne peux pas…

– Qu'est-ce qui te préoccupe encore ?

– Tout ce que tu dis. Je pense à mes arrière-arrière-grands-parents qui avaient la même religion que toi.

– Peut-être. Mais à tout ça, pense après. Maintenant, écoute-moi : la sagesse de Bouddha était si importante dans ce pays, qu'elle obligeait les musulmans d'ici à considérer le Bouddha comme un prophète. On l'a baptisé *Bouddhasef*, puis arabisé *Youzasef*, et même Yûsef ! » Le dernier nom le secoue. Mais Lâla Bahâri le retient fermement.

« Bouddha est le prophète Yûsef dont parle le Coran ? Fils de Yakoub ?

– Non, l'autre vivait bien avant Bouddha. Donc bien longtemps avant le Coran. Il était un prophète juif. »

Yûsef ne sait plus quoi dire, quoi penser, en quoi croire. Il dit en ricanant : « Je suis Sorkh Beut, le lutteur, le combattant valeureux ! » Il a l'impression que tout est là pour l'émerveiller. Le Bouddha, le temple, les mots de Bahâri, le mouvement de ses mains sur son corps, le parfum de l'huile, la flamme des bougies, la source qui lui murmure des choses, tout se mêlant avec la voix de l'Hindou…

« Tu vois, tout change, *Bouddhasef*, tout, comme ton pays. Tout coule comme l'eau de cette source, en permanence. Rien ne demeure. Il n'y a que l'impermanence, même si tu reviens après ta mort pour revivre ce que tu avais déjà vécu. » Un blanc, long, entre ces mots. « Je sais que tu ne peux rien comprendre à ce que je dis. Ce n'est pas grave. C'est même mieux. Sinon, tu resterais enfermé dans la pensée des autres, dans les mots.

– Alors à quoi bon m'en parler?

– Tu as raison. Ça ne sert à rien! Tant que toi-même tu n'auras pas vécu tout ce que je viens de dire, ça ne sert à rien. C'est en vivant que tu comprendras. Mais pour cela, il faut que tu gardes ces mots en toi. Un jour, tu deviendras ce que tu auras pensé avec ces mots. Laisse-toi aller avec les mots, les eaux, la fumée, le parfum, mes mains. »

Yûsef sent la grâce de ses mains légères et habiles non seulement sur son corps, mais aussi sous sa peau. Comme s'il faisait pénétrer ses mots, comme ses huiles, en lui. Yûsef le sent. Quelque chose qui vibre, le réchauffe, descend entre ses jambes,

se ramasse,

fait se dresser sa verge.

Lâla Bahâri poursuit : « Lorsque tu fais l'amour, tu participes à la création du monde. Tu maîtrises ton destin, comme un dieu. »

## 29

Sous les caresses de Rospinoza, Tom a sombré dans un sommeil profond, sans rêve ni cauchemar.

Il faut le réveiller maintenant.

Il faut qu'il parte.

Son histoire s'*inachève* ici. Le monde originel ne veut pas de lui. Il est condamné à retourner dans son monde *déjà vécu*. Il se donne raison, l'originalité n'est qu'une illusion banale.

Il ouvre lourdement les yeux.

Il est cinq heures du matin sous le ciel noir et pluvieux.

Tom se lève, s'habille silencieusement, sous le regard patient du chat.

Avant de partir, il veut laisser un mot à Rospinoza : « Merci pour ces instants kabbalistiques », et hésite à ajouter : « Et à Nuria de m'avoir fait vivre dans ses songes. »

Soudain, sa main se fige et ses mots restent suspendus au bout de sa plume. « Le facteur sera passé, Rina aura lu ta lettre avant que tu n'arrives ! »

Il met le papier dans sa poche, se précipite vers la porte.

Ne pas courir.

Ne plus penser.

Compter seulement les pas jusqu'à la voiture.

De même au volant, écouter les infos.

« Une ville dans le nord de l'Inde est envahie par les salamandres, qui empoisonnent toutes les sources d'eau de la ville. »

Ne pas espérer une grève de La Poste, surtout entre les deux tours des élections législatives.

« Un accord a été conclu entre Air France et les familles des victimes du crash du Concorde, le 25 juillet dernier... »

Les jeux sont faits pour la énième fois... Les cartes sont toujours ouvertes sous le regard de Rina.

« Kofi Annan, le secrétaire général de l'ONU, a promis de tout faire pour sensibiliser la communauté internationale au sort des Afghans menacés de famine. »

Rien ne peut déjouer le tour de sa pensée – le destin de sa lettre. Rina l'aura lue une dizaine de fois pour tenter de comprendre quelque chose. Elle attend sans doute son retour pour qu'il s'explique.

Ou bien, elle est en train de faire sa valise pour quitter le foyer. À lui donc de chercher Lola à l'école. Arrivera-t-il à l'heure? Que lui dira-t-il?...

Mille et une autres questions, toutes aussi violentes que la pluie sur le pare-brise, l'empêchent de se concentrer sur la route. Il prend la première sortie vers une aire de repos. Il s'arrête, réfléchit, cherche ses mots. Le téléphone sonne à nouveau. C'est Rina. Il ne décroche pas, que pourrait-il lui dire : « Salut.

— Tout va bien?

— Oui, ça va. Je viens de lire ta lettre.

— Ah! Ce n'est pas une lettre, mais l'extrait de mon roman. Je suis en train de réaliser enfin mon rêve, écrire mon premier roman.

— Avec nos vrais noms?

— Oui, mais tout est faux. Tout. Sauf les noms.

— Je vois. Je vois... Tu es où?

— Sur l'autoroute.

— Tu rentres?

— Ben, oui.

— On peut donc aller ensemble à la réunion des parents?

— Oui, bien sûr.

– Rentre bien. Bises », et on raccroche.

Comme dit Rina, tout finirait par passer…

Et Tom justifierait cette histoire avec la citation qu'il a volée chez Rospinoza : « La violence qu'on subit pour rester fidèle. » Il a encore oublié la phrase exacte. Il cherche le papier dans ses poches, sans faire attention au virage.

Le son de la radio retentit plus fort : « Alors que l'Unesco déplore la destruction des deux statues de Bouddha dans le centre du pays. »

Le volant tourne à vide, les roues glissent sur la chaussée mouillée. Tom panique, freine. Rien ne lui obéit.

« À cette occasion, nous avons un invité de renom, un homme érudit, un connaisseur du bouddhisme, qui a fait aussi un livre sur le sujet avec le Dalaï-lama »

Il n'y a rien à faire. Tout s'enchaîne irrémédiablement. Personne ne peut interrompre le dérapage. Les roues tournent, le temps disparaît. On crie : « Au secours ! » Nul ne répond.

Tom appelle son double, Tamim.

Soudain un grondement sourd, le choc.

Soudain la pluie, l'eau, le vent. Et l'impression paramnésique de revivre l'événement. Mais différemment.

Le monde se gémine, comme deux espaces non parallèles, mais diallèles qui se superposent.

Deux mondes en spirale. Mais à deux vitesses différentes. L'une au ralenti, comme dans un espace sans loi de la gravité; l'autre à toute allure, plus rapide que la vie, sans limite de vitesse aucune. Laquelle est le souvenir de l'autre? Laquelle est le rêve de l'autre? Ni Tom ni Tamim ne le savent.

De la scène au ralenti, Tamim peut percevoir son double qui vit dans l'autre scène, où tout défile à tombeau ouvert. Il veut la retenir, rattraper Tom. Impossible. Il crie. Aucun son ne sort de sa gorge sèche. Il tente de se jeter dans l'autre espace. Vainement. Il est comme dans une bulle translucide, presque fœtale. Enfermé, basculé de part et d'autre. Mais toujours dans son étrange état d'apesanteur.

Il ne peut pas intervenir pour tout arrêter.

Ni rien changer.

Il ne peut qu'observer.

Plus de mot.

Plus de pensée.

Il regarde Tom passer et repasser.

Il voit et revoit tout dans les moindres détails. Les nuages sombres, immobiles, séparant la terre du reste de l'univers, et versant lentement des gouttes d'eau glaciales pour tout engloutir; les éclats informes et cristallins des vitres, suspendus entre les cordes de pluie ; les bandes et les traits blancs, espacés régulièrement, qui s'entremêlent doucement sur le tapis noir de la chaussée goudronnée, traçant des entrelacs.

Il perçoit chaque bruit. Les battements absurdes des essuie-glaces dans le vide ; les klaxons au loin, comme pour célébrer un triste mariage ; le crissement soyeux des pneus partis en vrille sur la surface mouillée d'une route qui descend en hélice ; les cliquetis des objets qui planent telles des figurines suspendues au-dessus du lit d'un enfant ; les cris sauvages de la pluie, défiant les hurlements perçants d'une dame. Tout cela soudainement couvert par la voix sage et grave de l'homme érudit qui raconte au micro de la radio : « Un archéologue était parti sur les traces d'un grand moine bouddhiste chinois, le premier à avoir écrit sur ces Bouddhas. L'archéologue cherchait un troisième Bouddha, qui serait dans l'état de nirvâna, allongé quelque part dans la vallée, perdu sous la terre. Il a passé plusieurs années à sa recherche. Sans résultat. Mais il persévérait. Ses mécènes l'avaient lâché, son équipe aussi. Au bout de quelques mois, resté seul, il a décidé de partir lui aussi. En traversant une plaine déserte, il s'est arrêté au bord d'une source d'eau pour remplir ses gourdes, sans se rendre compte que la source était l'oreille du Bouddha couché. »

De la seconde scène, où les choses se déroulent à la vitesse de la lumière, Tom aperçoit Tamim – qu'il double tel un éclair – bouger ses lèvres comme un poisson, sans voix, imitant sa fille Lola, pour crier : « *Toshna-stom.* »

## 30

Sous les mains de Lâla Bahâri, Yûsef s'embrase. Une sueur brûlante ruisselle sur tout son corps.

« Va maintenant rejoindre Shirine! Vénère-la! Aime-la! Donne-lui du désir, *pyâr*!

– Mais je ne sais pas comment.

– Comme tu lui donnes de l'eau, *pâni*. Et fais-la jouir!

– Je lui donne de l'eau quand elle a soif... Mais le désir...

– Tu sais que tu l'aimes?

– Oui.

– Et tu sais pourquoi tu l'aimes?

– Maintenant, oui.

– Alors tu sauras comment l'aimer, comment lui donner du désir, comment la faire jouir. Vas-y! Elle t'attend. »

Il le soulève et lui chuchote à l'oreille : « Quand tu la prends dans tes bras, dis-lui doucement :
"Tu seras enceinte de moi
Je renaîtrai en toi." »

Yûsef reste debout, répète la phrase, sans peine. Il est léger, sans le poids d'aucune question. Il n'a plus honte de sa nudité.

Alors qu'il va partir, Lâla Bahâri lui demande d'aller d'abord toucher la pierre dressée, qu'il touche – elle est agréablement chaude. Puis, tout nu, il emprunte la voie souterraine qui le guide vers le puits, et laisse derrière lui Lâla Bahâri glisser lentement et silencieusement, tel un serpent, dans les eaux douces et tièdes de la source.

Yûsef quitte le puits sous la lumière veilleuse de la lune. Le *bhangaw*, nectar des dieux, dans le sang, il n'a ni froid ni chaud. Tout a la douceur et la couleur de l'eau de la source. Limpide et tiède.

Il ouvre sa main qui tient les deux pierres luisantes. Dans la lumière laiteuse, elles changent de couleur. Elles sont bleuâtres. Elles sont chaudes. Du bout de ses doigts, il les caresse lentement.

Puis il reste un long moment à détailler son ombre projetée au sol par la lune.

Disparu, l'arc de ses jambes.

Érigée, la voûte de son dos.

Le monde n'a plus de poids sur son corps.

Touchant sa verge, il a l'impression qu'il draine l'univers en elle. Plus d'angoisse.

Il ferme les yeux et les rouvre aussitôt, seulement pour vérifier s'il ne rêve pas. « Suis-je dans les songes de Shirine ? »

Peut-être.

Il s'approche du bûcher que Lâla Bahâri a construit pour son incinération. Il en fait le tour, s'arrête, regarde. « Je brûlerai donc Lâla Bahâri à l'aube. Où ira son âme ? » Il caresse le bois. « Il l'aura sans doute laissée au fond de la source. » Il glisse l'une des pierres dans le bûcher. « Je la sauverai. »

La voix criarde du Taliban qui l'avait fouetté à cause de Lâla Bahâri retentit dans son esprit : « Les Hindous n'ont pas d'âme ! »

Tant mieux !

Il se tourne pour rentrer rejoindre Shirine. Son pied heurte une pierre, il ne sent aucune douleur. Tout est translucide, éther. Tout est de la lumière et de l'eau, lui semble-t-il. Son regard fouille le sol. « Puis-je encore suivre la trace de mes pas ? » Il se penche. L'ombre du bûcher l'empêche de voir ses empreintes. Il revient alors sur ses pas, refait le tour du bûcher. Il y a aussi les dernières traces de Lâla Bahâri, bien sûr. Impossible de les distinguer des siennes. Il n'a jamais vu les empreintes de ses pieds nus. Ni celles de Lâla Bahâri. « Peu importe. Si je ne sens rien, la terre, elle, me sent, elle garde encore mes traces. J'en ai encore partout, beaucoup. J'en suis certain. Je dois rentrer. Shirine m'attend. »

Il s'avance, exalté. « Shirine m'était donc destinée. Comment y croire ? » Deux pas plus loin : « Maudite soit ma mère ! »

Il rentre dans la maison. Tout est calme. Aucun bruit de pas. Les bougies dansent leur dernière flamme, mais pas l'ombre de Shirine. « Elle dort, Shirine. Elle est très fatiguée. Il ne faut pas que je la réveille. » Il descend les escaliers, sur la pointe des pieds. Lentement. La fumée d'encens n'est plus aussi dense que tout à l'heure, mais son parfum est toujours présent. Envoûtant.

Il descend au sous-sol, franchit le seuil. Shirine dort, couverte d'un édredon bleu, sur un matelas posé par terre, tout près d'un poêle éteint. Elle a l'air heureuse. « Rêve-t-elle de moi ? » Il s'approche. « Elle n'a pas froid ? » Il hésite à repartir chercher du bois. « Ah, non ! Il ne faut pas brûler le bois de

Lâla Bahâri. » Son regard balaye la pièce, embrasse chaque statue de Bouddha, chaque *asana* des dieux amoureux, puis s'arrête à nouveau sur Shirine, sur sa mèche rebelle avec laquelle jouent les dernières flammes des bougies. Yûsef s'assied, contemple encore le corps lové de Shirine, sculptant la couette. « J'espère qu'en dansant tu n'as pas cueilli toutes les traces de tes pas ! » Sa main caresse la mèche. Elle a la douceur qu'il imaginait, la mèche de Shirine. Un doux sourire étire ses lèvres. Du bout de ses doigts, il effleure les lèvres de Shirine. Puis il pose le caillou luisant sur l'oreiller, à portée de ses yeux fermés.

En soulevant l'édredon, il se glisse doucement à côté d'elle. Tout le corps nu et menu de Shirine se blottit contre lui. Elle murmure : « *Pâni do, pyâr !* »

*… et trois faits divers du 13 mars 2001*

– Dans le froid glacial et sec de Kaboul, on a découvert le corps d'un porteur d'eau, une balle dans le dos, traîné par un chien de berger jusqu'à la gorge d'une source au pied de l'Hôtel Intercontinental.

– Au stadium de Kaboul, une femme est lapidée ce matin pour crime d'adultère, et son amant, un marchand hindou, est pendu dans un jardin public.

– Sur la chaussée inondée de l'autoroute A27, entre Amsterdam et Paris, un homme de quarante-cinq ans, français d'origine afghane, est décédé dans un accident.

Achevé d'imprimer en novembre 2018
dans les ateliers de Normandie Roto Impression s.a.s.
à Lonrai (Orne)
N° d'éditeur : 2623
N° d'édition : 292619
N° d'imprimeur : 1804884
Dépôt légal : janvier 2019

*Imprimé en France*